光文社

DO NOT APPROACH

新世代ミステリ作家探訪 ―旋風編

Exploring
the new generation of
Mystery novelists
Whirlwind edition
by Wakabayashi Fumi

若林踏 編

浅倉秋成
五十嵐律人
櫻田智也
日部星花
今村昌弘
紺野天龍
白井智之
坂上泉
井上真偽
潮谷験

新世代ミステリ作家探訪

旋風編

Exploring
the new generation of
Mystery novelists
Whirlwind edition

まえがき

『新世代ミステリ作家探訪　旋風編』は、二〇二一年七月に刊行された『新世代ミステリ作家探訪』の続編に当たる本です。

本書で初めてお目にかかる方へ向けて、簡単にご説明しておきましょう。

〈新世代ミステリ作家探訪〉はミステリ書評家・若林踏《わかばやしふみ》が書籍デビュー十年以内（企画立案時から数えての年数）の新進ミステリ作家をゲストに迎え、その作家の背景やミステリというジャンルに対する思いを伺うトークイベントシリーズです。書籍デビュー十年以内という条件に絞ったのは、現在のミステリ界を支える作家にインタビューし証言を集めていくことで、ミステリの現在地をマッピングしていきたいという思いがあったからです。

第一巻に収められた作家は円居挽《まどいばん》、青崎有吾《あおさきゆうご》、逸木裕《いつきゆう》、斜線堂有紀《しゃせんどうゆうき》、呉勝浩《ごかつひろ》、澤村伊智《さわむらいち》、阿《あ》津川辰海《つかわたつみ》、矢樹純《やぎじゅん》、方丈貴恵《ほうじょうきえ》、太田紫織《おおたしおり》の十人でした。お陰様で『新世代ミステリ作家探訪』はご好評をいただき、〈Season Ⅱ〉としてミステリ作家を探訪する旅を再び行うことが出来ました。今回収録されているのは二〇二二年一月〜十月にかけてオンラインで開催された計十回のイベントの模様です。新進作家たちが持つ〝ミステリ哲学〟に切り込んでいくという姿勢は〈Season Ⅰ〉と変わりありませんが、第一巻と意図的に変えた部分もあります。〈Season Ⅰ〉はイベントの進め方が手探りだった面もあり、どちらかといえばイベント開催時点の新刊をベースに作家像に迫るアプローチを取っていました。〈Season Ⅱ〉の場合は『新世代ミステリ作家探訪』が単行本化され、イベントのイメージも浸透したこともあって、読書体験から作家デビューまでの道のりに至るまで、時系列に沿って各作家の成り立ちを追いながら〝ミステリ哲学〟を掘り下げていくスタイルを確立することが出来ました。そのため、各作家がどのような作品に接して、どのような創作姿勢を持つようになったのか、より鮮明に比較できるようになったと感じています。

それでは新世代のミステリを担う作家を探訪する旅に、再び出かけましょう！

CONTENTS

まえがき　若林踏　003
浅倉秋成　009
五十嵐律人　033
櫻田智也　053
日部星花　073
今村昌弘　095
紺野天龍　115

白井智之 137
坂上 泉 157
井上真偽 175
潮谷 験 199

二〇二二年にデビューした期待の新鋭たち 072
海外の新世代作家も探訪したい 114
ミステリ作家志望者にお薦めの本 156

あとがき 222

※各ゲストの著作リストについては、雑誌掲載の短編・エッセイなどを除く著書を掲載。
※本文中で紹介する本・著作リストの出版社名は、二〇二三年十一月時点で最も手に入りやすいものを表記。

浅倉秋成

ASAKURA AKINARI

「自分の中では
伏線に対する考え方が、
作品を重ねるごとに
変わっているんですよね」

『教室が、ひとりになるまで』で謎解き小説ファンの注目を一気に集めた浅倉秋成。“伏線の狙撃手”と異名を取るほど、ミステリ読者を唸らせる伏線の技術に優れた作家であるが、学生の頃はミステリはおろか小説全般を読まず嫌いしていたという。果たして、浅倉は如何にしてジャンル小説ファンを魅了する書き手へとなったのか?

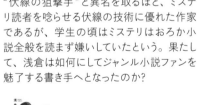

読書（しなかった）遍歴

若林　浅倉《あさくら》さんは、デビュー当時はそもそもご自身を「ミステリ作家である」と意識していなかったということを様々なインタビューで語っています。私からすると、デビュー作である『ノワール・レヴナント』はれっきとしたミステリ小説だと思うのですが。

浅倉　そうですね。もともとジャンル意識が希薄な人間なんです。デビューして間もない頃、ある編集者さんから「ミステリを書いてみませんか？」とお声がけいただいたのですが、自分としてはミステリに詳しいわけではないと思っていたので「私にはとても書けないですよ」と答えたんです。すると編集者さんは「でも、デビュー作もミステリの範疇《はんちゅう》に入る作品ではないですか」と仰《おっしゃ》って、「そうだったのか。意識していなかった」と吃驚《びっくり》してしまいました。それくらい、ジャンルに対して頓着が無いんですよね。

若林　では、ミステリ小説自体も作家デビューするまではそれほど読んでいなかったのでしょうか？

浅倉　ミステリ小説を、というより、読書そのものをほとんどしていませんでした。そもそも、自分は漫画やアニメで育った人間であるという自覚が強いんですよ。特に深夜のアニメ。今でもよく観《み》ますが、高校生の時は毎週、新聞のラテ欄を必ずチェックして、テレビの前に座ってリアルタイムで視聴していました。よくよく考えると、その習慣がジャンル意識が希薄になった原因なのかも。

若林　どうしてですか？

浅倉　新聞のラテ欄って、番組タイトルしか書いていないので、それがどのようなお話なのかが分からないじゃないですか。「深夜帯で放送時間が三十分ならば、たぶんアニメだろう」と見当を付けて取り敢《あ》えず観るんですが、それまではどんなジャンルの物語なのかは分からない。ＳＦだろうと、ミステリだろうと、ラブコメだろうと、「とにかくアニメ作品ならば観る！」というスタンスだった。ですから、何かのジャンルに嵌《は》まって、それをずっと追っかけていくというコンテンツとの接し方をしてこなかったんですよね。やっぱり、それがジャンル意識が薄い理由なのかな、と思います。

若林　なるほど。では、「これは面白い！」と感じたミステリ小説に初めて出会ったのは、いつ頃のことなのでしょうか？

浅倉　先ほども少しお話ししましたが、そもそも本を読まないというか、小さい頃はもはや読書アレルギーというくらいの状態だったんです。小学生の頃、夏休みの宿題で読書感想文が必ず出るじゃないですか。じゃあ、何を読んで書こうかな、と迷っていた時に、読書家だった友達が「これにしたら？」って、夏《なつ》目漱石《めそうせき》の『吾輩《わがはい》は猫《ねこ》である』を薦めてくれたんです。でも、ふだんは児童書も読んでいないような子供だったので、いきなり漱石なんて難しくて読めっこないんですよ。「夏目漱石って、お札の人だよね」というくらいの認識だったし。それですっかり読書アレルギーになってしまって、人から本を薦められても「ごめんなさい、読めません」みたいなスタンスを取っていたんです。

でも、大学生の時にアルバイト先の先輩が、誕生日に小説をプレゼントしてくれたんです。それが東野圭吾《ひがしのけいご》さんの『容疑者《ようぎしゃ》Xの献身《けんしん》』(文春文庫)。最初は「申し訳ないけれど、これも最後まで読めないだろうな」と思っていたんです。ところが一頁《ページ》目に目を通して「これ、読めるぞ!」と感じたんですよ。『機動《きどう》戦士《せんし》ガンダム』で初めてガンダムに乗ったアムロ・レイが「こいつ、動くぞ!」と叫んだのと同じ(笑)。

だから『容疑者Xの献身』はジャンルとしての面白さ以前に、「小説が読める」という体験を与えてくれたミステリとして大切な作品です。

若林　『容疑者Xの献身』は、それこそ浅倉さんがご自身の作品で得意としている巧みな伏線回収が書かれた謎解きミステリですよね。『容疑者Xの献身』を読んだ時に、「これが謎解き小説というものなんだな」と初めて認識したのでしょうか?

浅倉　いや、読んでいる最中も読み終わった後も、これが謎解きミステリと呼ばれるものであるとは捉えていなかったですね。「謎解きミステリ」というジャンルが存在しているのは知ってはいましたが、それがどのような物語形式のものなのかは、つい最近になってようやく見えてきた感じで、作家デビューするまでよく分かっていなかったです。

強いていえばアニメの『名探偵《めいたんてい》コナン』が人生で初めて触れた本格ミステリだった気がしますが、これも当時はミステリとして認識していなかったと思います。私は「変な薬で子供の体《からだ》に変えられてしまった主人公が、本来の体を取り戻そうとする話」であると思って観ていたんですよ。だから館で起こった殺人事件の話などが出てくると「全然、本筋と関係無いじゃん」みたいに思ってしまう。それである時、一緒に『名探偵コナン』を観ていた妹に「そんなに夢中になって観ていても、けっきょく主人公は大人の体に戻れないんだよ」と言ったら、妹が「違うよ、お兄ちゃん。このアニメは毎回、謎解きを楽しみに観るものでしょ」と言われたことがありました。

若林　ある世代では『金田一少年の事件簿《きんだいちしようねん》』(講談社)や『名探偵コナン』(小学館)といった漫画やアニメ、ドラマがミステリを知るきっかけになっていることが多いと思います。ただ、今の浅倉さんのお話のように、そもそもミステリとは別のものとして認識している人は多いのかも。

浅倉　でも、私のような意見の方がニュートラルな見方ではあると思います。例えば「ホームズとワトスン」のようなジャンルの形式を元より知っている人間にとっては「これはミステリである」と自然に受け入れられる部分はあって、様式美を楽しむことにまだ体が追いついていない人にとっては、ピンとこないところも多いのかな、と感じています。

講談社BOXの新人賞に応募した理由

若林　『容疑者Xの献身』によって小説アレルギーを克服したとのことですが、そこからさらに自分でも小説を書こうと思い至った経緯が気になります。

浅倉　最初は小説家ではなく、漫画家になりたいと思っていました。物語の作り手側に回りたいという意志は、もともとあったんですよね。でも一生懸命に絵の練習をしても、一定以上のクオリティにならず、これはちょっと漫画家の夢は諦めざるを得ないと思ったんです。

そんな時に、ちょうど大学で文芸創作講座が開かれていて、「もしかしたら、小説の方が上手に書けるかもしれない」と何となく思って受けてみたんです。そこから小説を書き始めた感じですね。

若林　デビュー作の『ノワール・レヴナント』は第十三回講談社BOX新人賞〝Powers〟受賞作です。講談社BOXの新人賞に応募したきっかけは何だったのでしょうか。

浅倉　一般文芸とライトノベルのボーダーラインに立っている新人賞だったから、ということが大きいと思います。

若林　ボーダーライン？

浅倉　はい。私はアニメが大好きで、小説家を目指すのであれば、まずはライトノベルを書いてみようと思ったんです。ただ、ライトノベルレーベルで出ているような、いわゆる〝キャラ萌《も》え〟している作品は自分には書けないな、という思いがありました。

若林　それはキャラクターを前面に出した小説は自分には書けない、という意味でしょうか？

浅倉　うーん、ライトノベル寄りでも、もう少し硬派なエンタメ作品の方が自分には合っているかな、という思いですね。二作目の『フラッガーの方程式《ほうていしき》』はどちらかというとライトノベル作品に近いものでしたが、自分の中では「ああいうテイストの作品を書くのは好きだけれど、こういうものばかりを書くことは出来ないだろうな」と感じていました。もうちょっと硬めの、やや背伸びしたものを書きたいな、というか。
　いっぽうで小説家デビューしたいと思っていた頃は、一般文芸とライトノベルの溝はまだまだ深いと自分では感じていたんですよね。私自身、きちんと業界の歴史を追って発言しているわけではないので、あくまで自分の感覚に依《よ》った意見になってしまいますが……。「一般文芸とライトノベルの中間に立つような小説の新人賞に応募したい」となった時に、講談社ＢＯＸ新人賞が一番近いかな、と思ったんです。西尾維新《にしおいしん》さんの〈物語〉シリーズや、ゲーム「ひぐらしのなく頃《ころ》に」のノベライズなど、ちょっとエッジが利いた作品を出しているイメージが強かったので、自分の書きたい作品の方向性と一致しているな、と。

若林　ふと思ったのですが、メフィスト賞には応募しようとしなかったんですか？

浅倉　実は当時、メフィスト賞の存在をあまり気に留めていなかったんです。新人賞の情報を集めているような文芸友達がいたわけでもなく、小説新人賞の種類やそれぞれの特徴を吟味するような感覚が自分には無かったんですよね。講談社ＢＯＸ新人賞についても「こんな賞があるんだ。じゃあ、応募してみようかな」くらいのノリで送ってみました。
　ただ、仮に当時の自分がメフィスト賞のことを認識していたとしても、たぶん応募しなかったんじゃないかなあ。

若林　どうしてですか？

浅倉　メフィスト賞って、確かにジャンルを横断したエンタメ小説の賞ではあると思います。ただ、やっぱりミステリのイメージも強いんですよね。
　そして、デビュー前の自分はミステリに対して、一種の畏怖の念というか、恐怖心がありました。ジャンルのお作法に対して厳しく、ひとつルールを間違えたら怒られるんじゃないか。そんな印象があったんですよ。
　もちろん、今ではそのような認識が誤解であったことは十分承知しているのですが、当時は職人気質《かたぎ》の人たちがひしめく怖い業界だ、みたいに思い込んでいる部分はありましたね。

若林　講談社ＢＯＸが刊行され始めた頃は、そういうジャンルの教条主義がもたらす高圧的な感じは、ある程度和らいでいたのでは、とジャンルの内側にいる自分としては勝手に思っていたんです。浅倉さんのお話を伺うと、実はそうでも無かったのでは、という気がしてきました。
　でも、講談社ＢＯＸも出身作家を眺めると、円《まど》居《い》挽《ばん》さんや織守《おりがみ》きょうやさん、そして浅倉さんと、ミステリのど真ん中で活躍している作家さんを輩出していますよね。確かに講談社ＢＯＸは特定のジャンルに寄らない、浅倉さんの言葉を借りるならばボーダーラインの作品を刊行しているイメージはありましたが、振り返ってみると現代ミステリを支える才能を生み出した土壌になっていたのだと思いました。

浅倉　そうですね。講談社ＢＯＸは、様々なルーツを持っている作家さんたちを引き寄せるレーベルだったと思うんですよね。私もそうですし、織守きょうやさんもそうです。例えば『花束《はなたば》は毒《どく》』（文藝春秋）のようにストレートなミステリを書くいっぽうで、織守さんは

『霊感検定《れいかんけんてい》』（講談社文庫）のようなホラーも書きますよね。ジャンルには固執せず、横断的に様々なタイプの作品を書く作家さんが集まる土台にはなっていたと思います。

ただ「ジャンルには固執しない」という姿勢が、本の売りづらさに繋《つな》がってしまった部分もあると思います。私は幸い、ミステリというジャンルで評価いただいて作家を続けていますが、講談社BOXでデビューした方の中には、その後、作品を発表させてもらえなかった人も多く……。そのような方の作品を読み返す機会もあるのですが、「面白いよなあ」と感じる半面、「出版社や書店から見ると、お薦めの仕方が難しいのかな」と思うものも多いんです。ジャンルに寄り添った売り方が出来ない、というか。

若林　なるほど、〝ジャンルに寄り添った売り方〟ですか。確かに「〇〇ミステリ」だとか、分かりやすく括《くく》りを使って読者の心を摑《つか》む方が、企画として通りやすい状況はあるのかもしれません。一般文芸とライトノベルレーベルの垣根が無くなったり、ジャンルのボーダーレス化が進んでいるように見えて、売り方という観点ではジャンルに寄りかかったものが多い時代になっているのかも。それが良いことなのか、悪いことなのかの判断はさておき。

浅倉　ここからはあくまで私見ですが、取り敢えず買い物で失敗したくない人たちが多くなった、という見方も出来るんじゃないかと思います。とにかく大きな損はしたくないから、ネット通販のレビューなどをみんな必ずチェックして、本当に自分が求めるものなのかどうかを判断する。それが分からないと、もう買いたくない。これがジャンルに依った売り方を加速させている気はするんですよね。『ノワール・レヴナント』、『フラッガーの方程式』、『失恋覚悟《しつれんかくご》のラウンドアバウト』という初期三作はタイトルを見ただけだと、どういう物語なのか、はっきり分からないじゃないですか。これはかつて、自分が深夜アニメのタイトルだけを新聞のラテ欄で見て、「これはどんな内容のアニメなんだろう」とワクワクした体験があるからなんです。

でもたぶん、今の人たちはそんな風に悠長には構えてくれないと思います。だから『九度目《くどめ》の十八歳《じゅうはっさい》を迎《むか》えた君《きみ》と』はタイトルで読者の気持ちをすぐに捕まえられるようにしました。過去の自分が感じたような「よく分からないものに対するワクワク感」より、読者がタイトルを見た時の分かりやすさを考えるようになったんです。

若林　デビュー作の『ノワール・レヴナント』の前半部では、それぞれ特殊な能力を授かった四人の高校生が出てきて、各々の生活の模様が描かれます。「少し長めのプロローグ」という章題の通り、ここでは「次にどのような物語が展開するのか」という期待感をたっぷりと膨らませるようになっているんですよね。一体何が起こっているのか、という謎で牽引《けんいん》するという意味では、紛れもなくミステリとして読める部分なんですよ。でもそれが人によっては退屈だったり、そもそもミステリとして認識されていなかったのかな、と感じています。

浅倉　『ノワール・レヴナント』の前半部は、まさしく深夜アニメを事前知識なしで見始める、あの体験を再現したものです。私は浦沢《うらさわ》直樹《なおき》さんの『20世紀少年《せいきしょうねん》』（小学館）がお気に入りの漫画なんですが、あの作品も「これは一体どういう物語なんだ？」という興味で引っ張っていく話じゃないですか。そういう先の読めない展開で読ませる作品の方が自分の好みではあります。逆にロジックとかトリックに対する関心が希薄ですね。

『教室《きょうしつ》が、ひとりになるまで』以前／以後で違う、伏線の技術

若林　浅倉秋成さんはよく〝伏線の狙撃手〟と謳《うた》われていますね。あれは、担当編集者の方が名付け親だったとか。

浅倉　そうです。講談社の初代の担当さんが勢いで付けたものですが、未《いま》だに誰も忘れてくれないんですよね（笑）。

若林　伏線の技巧は、ミステリに限らずあらゆる物語創作の場面において使われるものです。浅倉さんが伏線の技術を学んだ作品などがあれば、教えてください。

浅倉　先ほども挙げた浦沢直樹さんの『20世紀少年』は、まさに伏線の妙を学んだ作品でしたね。最初の方に出てきたコマが実は終盤の重要なシーンに繋がっているなど、とにかく「ああ、あの場面はこういう意味があったのか」と感動することが多々ありました。それを見よう見まねでやっていた、という部分はあると思います。

ただ、自分の中では伏線に対する考え方が、作品を重ねるごとに変わっているんですよね。『ノワール・レヴナント』を出した頃、ある編集者に「浅倉さんのデビュー作で使われている技術は、厳密にいうと〝布石〟だよね」と指摘されたことがあります。確かにそうな

んですよね。ミステリで言うところの手掛かりの提示や、どんでん返しに繋がるような伏線ではなく、その後の展開を暗示させる場面や出来事を描く意味での〝布石〟。それが徐々に謎解きミステリにおける伏線の技巧に近づいていったのではないかと、自身で分析しています。

若林　私も『ノワール・レヴナント』『フラッガーの方程式』『失恋覚悟のラウンドアバウト』の初期三作と、浅倉さんがミステリ作家として広く認知されるようになった『教室が、ひとりになるまで』以降の作品では、伏線の使い方が違うと捉えています。初期作品、特に『フラッガーの方程式』で使われている伏線は、確かに〝布石〟と呼べるものが多い。それに対して『教室が～』以降は、謎解きのためのデータとして提示される手掛かりの機能を果たすものが多くなった気がします。このあたりは、やはりミステリ作家として認知されていくに従って、ジャンルの技巧を意識的に取り込んだのではないかと思っています。

浅倉　はい、能動的に取り込もうという意識を持って書いたことは間違いないです。伏線の技術にも様々なバリエーションがあるのだということは、ミステリを意識的に読み始めるようになってから初めて学んだ気がします。先ほど若林さんは謎解きのデータとして提示される伏線が多くなった、と仰いましたが、私としてはもう一つ、どんでん返しのための伏線という技術も後から学んだと思っています。つまり相手を誤誘導するための伏線を仕込み、最後に思い込みをひっくり返す技術といいますか。さらにいえば、ジャンルの型や技巧を知れば知るほど、それを壊して新たな趣向を生み出すことが出来ます。

若林　型を壊す、といえば『フラッガーの方程式』です。これはラブコメというジャンルに対する自己言及的な側面の強い小説で、ラブコメのパターンについて登場人物が議論するいっぽう、その型を上手《うま》く逆手に取って斜め上の展開を描いていく点が非常に面白い。

その意味ではミステリ小説のお仕事ではないですが、原作を担当されている『ショーハショーテン！』というお笑いを題材にした漫画にも共通している部分があると思います。主人公二人がお笑いに青春を懸ける姿を描きつつ、人を笑わせる技術に関する研究本のような一面もあります。先ほどから浅倉さんはジャンル意識が希薄である、と仰っていますが、そのいっぽうで、ジャンルの自己言及的な物語には非常に関心を寄せているのではないかと。

浅倉　何でも理屈っぽく考えて、感覚を摑みたいという欲求が強いんでしょうね、きっと。ミステリにしてもそうですし、ラブコメにしても、お笑いにしても、どこまでいっても本質的には理解できない部分が多いと思います。でも、自分が「なるほど」と納得できるところまでは探って、その骨格だけは把握したいという気持ちがある。そして、納得した部分を他人と共有したいという思いもまた強いので、そういう自己言及的な物語に拘《こだわ》っているんじゃないかと、自分でも思います。

人間をキャラや型に嵌めて欲しくない

若林　『六人《ろくにん》の嘘《うそ》つきな大学生《だいがくせい》』は就職活動を題材にした謎解きミステリですが、小説内の過去パートは二〇一一年が舞台となっています。おそらく、浅倉さんご自身が就活を経験された頃ではないかと思います。

浅倉　まさしく登場人物たちと同じ年に就活しました。

若林　私と浅倉さんは年齢が近いので、私自身も『六人の嘘つきな大学生』には刺さる場面が多かったんです。一番辛《つら》かったのは、東日本大震災を理由に採用人数が絞られるという通知を登場人物が受け取るところですね。私は二〇〇八年頃から就活を始めたのですが、その時ちょうどリーマンショックが起こって、新卒採用市場が一挙に大氷河期を迎えたんです。「たった一年、生まれる年が違ったり、大学に入る年が違ったりするだけで、何でこんなに状況が変わっちゃうんだ」と愕然《がくぜん》としたことを今でも覚えています。自分の与《あずか》り知らぬところで運命が左右される虚《むな》しさを抱えながら、就活をしなければいけなかった。経済的な出来事と天災は全く違う性質のものではありますが、浅倉さんご自身が就活を通して経験した虚しさみたいなものも作品には反映されていると思います。

浅倉　そうですね……。『六人の嘘つきな大学生』は、もともと「就活ものをやりませんか？」と出版社の方からいただいた話です。私自身は「就活を題材にして、果たして小説を一本書けるのかな」と半信半疑な部分もあったのですが、いざ書き出してみると「ああ、確かに当時はこんなことを思っていたなあ」と思いながら、案外するすると書けてしまいました。

就活時に自分が特に思っていたのは、「人が人の力量や適性を見極めることは、本当に出来るのかな？」という疑問です。私は当時、大学で心理学を専攻していたので、採用試験で利用されるような性格診断テストの得点の算出方法なども、ふつうに授業で習っていたんです。そこではああいうテストが学問的な意味においては、そこまで意義のあるものではないことも教わるわけです。いっぽうで就職活動では診断テストの結果をもって鬼の首を取ったように「あなたは心理的にこういう傾向のある人ですね」なんて言われると、それで俺の何が分かるんだよ、という気持ちになったんですよね。そういう就活中に抱いた疑問の積み重ねは、この作品に反映されているかなと思っています。

若林　二〇一〇年前後に就活を経験した人は『就活《しゅうかつ》のバカヤロー　企業《きぎょう》・大学《だいがく》・学生《がくせい》が演《えん》じる茶番劇《ちゃばんげき》』（石渡嶺司《いしわたりれいじ》・大沢仁《おおさわひとし》、光文社新書）という新書を読んだ方も多いと思います。この中では自己分析を重要視することへの危惧と、その反対に企業が求める人物像に合わせて偽りの自己像を作り上げていくことの馬鹿馬鹿しさが言及されています。『六人の嘘つきな大学生』はそういう就活における自己像の在り方と、密室での心理戦を結びつけたところが素晴らしい。就活のグループディスカッションは狭い人間関係の中で空気を読み合って、そこで自分が求められている役割を把握して、ひたすらそれを演じることで円滑に進めていくものです。ある意味で非常に滑稽な部分もあるんですね。自分のキャラを決めつけて生きていく登場人物が謎解きや頭脳戦に興じるのは、実は浅倉さんの他の作品にも通底するところがあるのですが、そういう空気を読んで自分のキャラを規定してしまうことに対する抵抗意識が浅倉さんの中にはあるのではないかと思います。

浅倉　ああ、それはあるかもしれないですね。新卒で就職した会社がわりと体育会系で、飲み会の時に先輩のグラスが空になっているのを見かけて、とにかく「飲みますか？」と声をかけるように心掛けたんです。でも「飲んでいる途中だよ、バカ野郎！」と言われてしまうこともあれば、「早く言えよ！」って反応が返ってくることもあって、非常に悩んだんです。でも、しばらくして「そうか。自分は大勢でワイワイやるよりも、俺一人でいる方が楽に思うタイプなんだな」ということに気付いたんですよね。ただ、どうしても周りの空気に合わさざるを得ない状況もありますよね。そういうジレンマについては『六人の嘘つきな大学生』では上手く描けたんじゃないのかな、って思っています。

若林　『六人の嘘つきな大学生』で印象的だったのは、序盤のグループ課題を行う場面です。そこでは「最高のチームを作り上げましょう」ということを採用担当が言い、選考を受ける側も「最高のチームだ」「これが本物の絆《きずな》だよ」という風に言うんです。そこで思い出したのは『教室が、ひとりになるまで』でも、「最高のクラス」という言い回しが出てきましたよね。人間の集団における「最高の絆」みたいなものの内実を暴いて、その空疎さを描き出すのが浅倉さんはいつも上手いなって思います。

浅倉　小説やアニメに限らずエンタメ作品全般に言えることですが、「絆の勝利」や「みんな仲良くしよう」とか、学校の道徳の授業で誰もが学ぶようなことを単に繰り返すような創作物だったら、別に自分がわざわざ書かなくても良いかな、って思っています。幸か不幸か、自分は特定のグループに所属することに拘って、その中で絆を育んだ経験があまりないんです。自分が孤独であることの正当性を声高に主張する気はありませんが、世間で正しいとされているもの、喜ばしいとされているものに対して、アンチテーゼをぶつけてやりたいという思いは常にあります。共同体の在り方に対する反発心については、『教室が、ひとりになるまで』と『六人の嘘つきな大学生』では特に色濃く出ていたでしょうね。

若林　『六人の嘘つきな大学生』は過去に起こった出来事を振り返るという形式で書かれた作品で、冒頭である人物が「どうしても『あの事件』に、もう一度、真摯《しんし》に向き合いたかった。嘘みたいに馬鹿馬鹿しかった、だけれどもとんでもなく切実だった（略）『あの事件』に」と述べています。初恋の相手が十八歳のままの姿で現れたのはなぜか、という謎に主人公が挑む『九度目の十八歳を迎えた君と』も、実は現在から過去を振り返る形式が使われています。主人公が高校の同級生や先生を訪ね歩きながら調査をする現代パートの合間に、過去の学園生活の光景が描かれます。この作品にも「痛々しいばかりに思えた思春期の空回りも、いまとなってはいっそ愛すべきものへと昇華しているのだから不思議だ」という一文が出てくるんですよね。今から振り返ると馬鹿馬鹿しく思えるけど、あの時の必死だった自分を肯定してあげたいという気持ちが両作品には貫かれています。

浅倉　人間誰しも、青春時代に馬鹿馬鹿しい空回りは経験していると思うんです。好きな子がいたけども何も出来なかった、変なことをやってモテると思っていた、みたいな。でも、当時の訳分からないことをやっていたことを、嫌な思い出にしたくない自分もいるわけです。「確かに今から思えば痛い行為に見えるけれど、それを経験したからこそ今の自分があるんじゃないのか」という風に思えるように、自分自身を救ってあげたいという気持ちは間違いなくありますね。

若林　『九度目の十八歳を迎えた君と』の文庫解説は私が担当しているのですが、その中で「青春という二文字がかける呪いを解体する」と浅倉さんの作品を評したんです。青春は煌《きら》めいていなければならない、みたいな言説を見かけることがあるじゃないですか。でも、「〜しなければならない」という表現が出てくる時点で、それはある意味で自分を縛る呪いだと私は思っています。そういった呪いに縛られている人を解放してあげるために、浅倉さんは「過去の痛い自分も、そんなに悪いものではないですよ」と語りかけている気がします。後ろ向きのようでいて、浅倉さんの作品はポジティブな気分にさせてくれるんですよね。

浅倉　ひょっとすると、それは自分の現実の人生がそんなにハッピーではない、という思いに囚《とら》われているからかもしれません。ご自身が優しいからそういう作風になるんですね、という感想をいただくことがあります。非常に有難いな、と思う半面、それは私が優しいからではなく、現実はそんなに優しいものではないという思いが強いから、「本当にそうであったらいいのにね」という願望を描いている気がします。もっとも、嘘になり過ぎないようにバランスは取っているつもりですが。

若林　『六人の嘘つきな大学生』では、登場人物たちが虚像を作り上げていることに対して批判的な視線を投げているいっぽうで、単に嘘つきと断じていない部分もあります。それでバランスを取っているというか、上から目線で人をジャッジすることに対する躊躇《ためら》いのようなものを浅倉さんの作品から感じるんですよね。

浅倉　人間は間違いを犯す生き物であるというか、環境や状況によって過ちを犯してしまうことはどうしてもありますよね。例えば、トラブルを起こした人物について「馬鹿じゃないの。もっと賢いやり方があっただろうに」とネット上で書き込むのは簡単です。でも、いざ当事者になったら、たぶん口で言うほどスマートに動けないことはいっぱいあるんですよね。だけれども、ネット上で文句を言わずにはいられない。そういう人間の愚かしさというか、一筋縄ではいかない部分を自分は愛しているのかもしれない、と思う時があります。

いっぽうで、ある特定の人や物について狂信的になったり、信用しきってしまうということが無いことも影響しているかな、と感じます。例えば誰かのファンになってグッズを買い漁《あさ》ったり、ネット論客に入れ込んだり、そういう「この人には一生ついていくぜ」みたいな感覚が無いんですよね。〝推し〟という概念もないかも。どんな人でも良いことを言っている時もあれば、明らかに間違っていることを言っている時もあるわけじゃないですか。でも、そこで人を完全に信じてしまった瞬間に思考停止して終わってしまうのではないか、という思いはずっとどこかにある。人間の揺らぎみたいなものに対する興味はいつも抱いていて、そこをきちんと作品に落とし込めると良いな、と思っています。

若林　人や物に対して必要以上に執着しないという感覚は、作品内の人物造形にも影響していませんか？　特定のキャラクターに肩入れしている感覚を、浅倉さんの作品から正直あまり感じられないんですよ。

浅倉　ああ、それはそうかも。某出版社の担当さんが代わった時に、その方が「小説って一にキャラクター、二にキャラクターですよ。浅倉さんが今まで好きになったキャラクターって誰ですか？」と質問してきたんです。私は五分くらい固まっちゃったんですよね。よくよく考えてみると、「このキャラクターが大好きだ」というのが、あまり無いんですよね。だから自分の小説ではシリーズキャラクターは描かないんですよ。描くことに対して、そもそも拘りが無い。

若林　深夜アニメや漫画をあれだけ好きだと公言していると、どうしても〝キャラ萌え〟のようなものに拘りがあるのかな、と思うんですが、そこは無いんですね。

浅倉　そうですね。アニメ好きの友達に秋葉原《あきはばら》に行こうと誘われて、「アニメの聖地でござる！」とワクワクするわけですよ。ところが、いざ行くと、特に何も買わずに帰って来るんですよね。グッズを買うって行為は、ある特定のキャラクターに対する愛着の延長線上にあるものが大半ですよね。ああ、なるほど、自分はキャラクターに対するフェティシズムは無くて、ひたすらストーリーに対する興味があるんだな、と改めて気付きました。

とはいえ、キャラクターに対する愛着がゼロではないので、キャラクターを中心に物語を組み立てていくことの楽しみを、今は少年漫画の原作を通して学んでいる感じではありますね。

若林　キャラクターに対する話でいえば、先ほどの「〜でなければいけない」という呪いにも通ずるのではないかな、と。〝陰キャ〟という言葉が、私と浅倉さんより少し下の世代から使われ始めたと思うんですよ。「私は陰キャだから云々《うんぬん》」という言い回しをする人がいますが、それもまた呪いの一種ではないかと私は思っています。小説の登場人物はもちろん、現実の人間についても「〇〇キャラ」みたいな当て嵌め方をすることに抵抗があるのでは。

浅倉　どうなんですかね。自分では抵抗があるいっぽうで、何かのキャラになりきることに対する憧れも実はあったんじゃないかと思います。私が通っていた高校は、いわゆるヤンキーが多い高校で、自分はどちらかといえば大人しいタイプでしたが、やんちゃしている子とも普通に話せました。いわば自分はいつも中庸の立場の人間であったのかもしれません。だからこそキャラクターに嵌めることに対する違和感と同時に憧れもあったのかな、と。何者にもなれない自分、というルサンチマンみたいなものは、今でも心のどこかにあるんでしょうね、きっと。

若林　ああ、でもその感覚はもしかしたら『フラッガーの方程式』に滲《にじ》み出ている気がするかも。物語の型に対する執着が描かれると同時に、そこからはみ出ていくものに対する拘りが備わっている作品だと思うんですよ。先ほどご自身でも仰っていましたが、そういう人間が揺れ動くさまに対する関心が浅倉作品の肝なのかなと。

でも、そういう姿勢はある意味で時代の対極にある気がします。昨今のSNS上で起こっている議論などを見ていても、両極端に陣営が分かれて調整の仕様が無いことが多いですよね。白黒はっきりつけなければ気が済まない、という態度が目立つ世の中になったとも言える。

浅倉　極端な人が可視化されやすくなった、という見方も出来るとは思います。確かにTwitter（現X）などを眺めていると、何か問題があった時に熟考することが求められるのではなく、反射神経で上手いことを言った人が勝ち、みたいな世界になってきている予感がする。そうじゃなくて、もっと腰を据えてお互いのことを考えたら問題も解決するのでは、と思う時が多々あるんですよ。そういう時代の雰囲気は『六人の嘘つきな大学生』という作品にも色濃く表れているのではないかと自分でも思います。

正直に言うと、この作品の後半で書かれていることがどんでん返しであると評価されるのは、少し寂しくもあるんですよ。白黒はっきりさせたい、という風潮が強いことが素地にあって「このどんでん返しが良いね」と言われているのであれば、それは嬉《うれ》しくもあり寂しくもある。そういう意味も含めて、『六人の嘘つきな大学生』という作品を出版できた意義はあったのかな、と今では思っています。

（二〇二三・一・二十三　於／オンライン）

浅倉秋成　著作リスト

ノンシリーズ

ノワール・レヴナント（講談社BOX・角川文庫）
フラッガーの方程式（講談社BOX・角川文庫）
失恋の準備をお願いします（講談社タイガ）
※単行本刊『失恋覚悟のラウンドアバウト』（講談社）を改題
教室が、ひとりになるまで（KADOKAWA・角川文庫）
九度目の十八歳を迎えた君と（東京創元社・創元推理文庫）
六人の嘘つきな大学生（KADOKAWA・角川文庫）
俺ではない炎上（双葉社）

ノベライズ（浅倉冬至名義）

小説 映画『進撃の巨人 ATTACK ON TITAN』（講談社）
小説 映画『進撃の巨人 ATTACK ON TITAN エンド オブ ザ ワールド』（講談社）

浅倉秋成（あさくら・あきなり）
1989年、千葉県生まれ。2012年、第13回講談社BOX新人賞“Powers”を受賞した『ノワール・レヴナント』でデビュー。’20年に刊行した『教室が、ひとりになるまで』が第20回本格ミステリ大賞小説部門候補、第73回日本推理作家協会賞長編及び連作短編集部門候補に選ばれる。小説のほかに漫才を題材にした『ショーハショーテン！』などの漫画原作も担当。

五十嵐律人

IGARASHI RITSUTO

「自分にとって法廷というのはむしろ日常の側にあるものだったんです」

五十嵐律人のデビュー作『法廷遊戯』はリーガルミステリの新たな胎動を感じさせるものだった。第一部で模擬裁判を描き、第二部で本物の裁判を描くという、これまでの法廷小説には無い斬新な構成。ジョン・グリシャム、スコット・トゥローをはじめ、これまでも優れたリーガル小説の書き手は存在するが、先行作家と比べても明らかに違う何かを五十嵐の小説は持っている。果たして、それは何か。

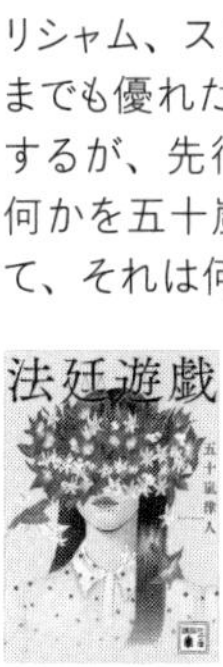

本当は〝どんでん返し〟が起きにくい日本の法廷

若林　五十嵐《いがらし》さんはリーガルスリラーの新たな書き手として注目を集めていますが、そもそもミステリを読みだしたのはいつ頃のことだったんですか？

五十嵐　まず読書体験として大きかったのは、中学生の頃に東野圭吾《ひがしのけいご》作品に嵌《は》まったことですね。もともと私は特定のジャンルを網羅するというより、気に入った作家さんの作品をずっと追っかけるという、いわゆる〝作家読み〟をするタイプだったんです。ですから中学の頃は、〈ハリー・ポッター〉シリーズと東野圭吾作品しか読んでない、という感じでした。東野さんの作品をほぼコンプリートした後には、伊坂幸太郎《いさかこうたろう》さんの作品を読み始めましたね。

若林　大学時代はどうでしたか？

五十嵐　実を言うと、一時期はそれほど本を読んでいませんでした。法学部に入学してからは、法律のことが「滅茶苦茶面白いな！」と感じるようになったため、そこからは法律の勉強ばかりやっていました。だから、大学四年間とロースクール（法科大学院）通いの二年間を合わせた六年間ほど読書から遠ざかっていた状態でしたね。

若林　読書を再開するきっかけはあったのですか？

五十嵐　司法試験は受験してから結果が出るまでに四、五ヶ月くらいの期間があるんです。たいていは落ちていた場合を考えて勉強している人が多いんですが、私の場合は一種の燃え尽き症候群のような状態になってしまって……。他の公務員試験なども受験はしていたのですが、基本的に何か新しいことをやろうとする気力が余り出なかったんですよね。
　じゃあ、特にやりたいことも無いし時間もあるから、本でも読んでみるか、と思って手に取ったのが森博嗣《もりひろし》さんの『すべてがFになる』（講談社文庫）。いやあ、これにはもう嵌まってしまいまして、そこから森さんの作品を読破し、さらにそこからミステリをいろいろ読み始めたんです。

若林　他にはどんなミステリを読んだのですか？

五十嵐　綾辻行人《あやつじゆきと》さんの『十角館《じゅっかくかん》の殺人《さつじん》』（講談社文庫）やアガサ・クリスティ作品ですね。そうやってミステリというジャンルそのものに嵌まり始めていた時、司法試験の合格発表があって無事に合格していたんです。
　ただ、自分は法律を学ぶことそのものが好きなのであって、当時は法律家になることをそれほど熱望していたわけではなかったんですよね。だったら小説を書いて、新人賞に応募してみようかしらと。

若林　ずいぶん思い切った決断ですね（笑）。

五十嵐　自分でも「何を言っているんだ、お前は」と突っ込みを入れたくなります（笑）。ともかく、司法修習は試験さえパスしていればどのタイミングで行ってもいい制度になっているので、司法修習には行かないで小説家になるための修業を始めた次第です。

若林　読書歴についてもう少し。ご自身が書かれているようなリーガルスリラーと呼ばれる分野の作品は読んでいたのでしょうか？

五十嵐　いえ、実のところ大学時代には一冊もリーガルスリラーと呼べるような作品を読んでいません。唯一、雫井脩介《しずくいしゆうすけ》さんの『検察側《けんさつがわ》の罪人《ざいにん》』（文春文庫）だけは読んでいましたが、それは小説家を目指そうと思った後に、「自分の得意分野である法律を主題にした、リーガル小説って、どんな風に書かれているんだろうか」ということを勉強する意味で手に取ったのです。ですから、作家を志す前にはリーガル小説は全く読んでいない、ということになります。

若林　ミステリファンがリーガルスリラーと聞くと、例えばジョン・グリシャムやスコット・トゥローといった海外ミステリにおけるリーガルスリラーの名手たちの名前がすぐに思い浮かびます。それらの作家には、触れたことはありますでしょうか？

五十嵐　本当にお恥ずかしい限りですが、現時点でも未読ですね。

理由の一つとして、現実の法制度の観点から矛盾や間違いを見つけると、やはりどうしても気になってしまうということがあります。もちろんフィクションである以上、話の要諦で現実とは齟齬《そご》が生じる部分が出てきても、それは仕様がないのかなとは思っています。が、やはりひっかかってしまうんですね。

もう一つ、日本と海外では法制度の違いが明確にある、というのが国内・海外双方のリーガルスリラーを読んでいない理由ですね。

若林　具体的にどういう違いでしょうか？

五十嵐　簡単に申し上げると、海外ではいわゆる法廷での逆転劇が起こりやすい法制度になっているのですが、日本ではどんでん返しが起こりづらいようになっているんです。だから、法廷ドラマでよくあるような逆転劇が描かれてもピンとこないですし、逆に海外のリーガルスリラーで逆転劇が出てきても、「まあ、日本とは法制度が違うしな……」と思ってしまうところがあるので、エンターテインメントとしてリーガルものを鑑賞することは自分から積極的に行っていないのです。

若林　どんでん返しが起こりづらい？

五十嵐　そこはもうちょっと説明が必要ですね。よく日本の裁判ドラマなどを観《み》ていると、被告人の無罪を証明する決定的な新証拠が裁判の終り頃になって出てくる、という展開がありますよね。エンタメとして話を盛り上げるためには必要な演出であるとは思いつつ、現実の裁判では九割九分、有り得ないことだよねと私は思ってしまうんです。なぜなら、検察側も弁護側も過ちがあってはいけないので、裁判で提示される証拠というのは何度も検証された末に出てくるものなんです。

ふつうの謎解きミステリでは、犯人が逮捕される前の段階で証拠の吟味がなされて、何度も真相がひっくり返る。これは良いんです。また、逮捕されて容疑者の段階でも新事実によって真相がひっくり返る。これも良いです。でも、起訴されて裁判が進んだ段階で新証拠が突きつけられて真相がひっくり返る。これはほぼ有り得ません。その前段階として証拠が検証されているわけですから、逆に裁判がひっくり返るような出来事が起こっては、司法の信頼性が揺らいでしまうんです。これは同僚の弁護士ともたまに話していることなのですが、「法廷ミステリにおけるどんでん返しって、日本の法制度に照らし合わせると実はあってはならないことなんだよね」と。

若林　リーガルスリラーといえば、そういった逆転劇をどうしても期待してしまうのがミステリファンの性《さが》ですが、日本の法制度からすると、どんでん返しを成立させること自体が困難というか、取り扱いに注意が必要なポイントだったんですね。

五十嵐　そうなんです。ですから自分としてはデビュー作から一貫して法廷外での描写を濃密にするよう心がけています。

先ほど日本のリーガルスリラーについてやや分が悪いことを言ってしまいましたが、法廷ドラマではなく、それ以外の人間ドラマの部分を読んだ時に作家として学ぶべき点がある素晴らしい作品が多いと思います。そういう部分は範としつつ、やはり現実の法制度に則《のっと》った小説を書いていきたいです。

法律は自分にとっての日常だった

若林　五十嵐さんは『法廷遊戯《ほうていゆうぎ》』で第六十二回メフィスト賞を受賞されてデビューしました。デビューに至るまでは、様々な新人賞に応募していたのでしょうか？

五十嵐　もちろん送っていました。メフィスト賞以外でいい線までいったのは、横溝正史《よこみぞせいし》ミステリ大賞で、最終選考まで残りました。それ以外にも『このミステリーがすごい！』大賞などにも送っていましたよ。

若林　投稿作品はすべてリーガルスリラーに属するものだったのでしょうか？

五十嵐　いやあ、そこはちょっと変わっておりまして。作家になりたいと思い始めた頃に、自分が作家としてデビューした後、生き残るためには何が必要なのか、何を武器にして小説を書いていけばよいのか、ということをまず考えたんです。一つ目はまず法律に関する知識。これはまあ、当然ですね。二つ目に挙げたのは、ミステリ。これもまあ、小説の中で何が一番好きなジャンルなのかと問われたら、ミステリだと答えますので当然かな、と。三つ目は青春小説の要素。これについては、私は米澤穂信《よねざわほのぶ》さんの青春ミステリが好きだったので、登場人物たちの青春模様を描くような作家になりたいな、と思ったんです。

　でも、この三つだけでは足りないと感じたんですよね。そこで思い付いた四つ目の武器が「ＡＩ」でした。

若林　おお、ちょっと意外です。ＡＩには詳しかったのですか？

五十嵐　詳しいというより、興味関心が強い、と言った方が正確ですね。自分自身は文系の学部出身ですが、パソコンを自作したり、デジタルガジェットを集めたりと、テクノロジーに関することが結構好きなんですね。だから、新人賞投稿時代はリーガル小説にＡＩを題材として掛け合わせた作品を書いて応募していたこともありました。こぼれ話に近いですが、『原因《げんいん》において自由《じゆう》な物語《ものがたり》』には他人の容姿をＡＩが判定するスコアアプリが登場しますよね。あれには投稿時代にＡＩ小説を書いていた名残があると自分では思っています。

若林　それはＡＩに絡む裁判小説というより、ＡＩそのものを題材にした小説と言った方が良い作品だったのでしょうか？

五十嵐　そうですね。当時の自分はミステリというジャンルは非日常の光景を描くものだと思っていたのですが、逆に自分にとって法律というのはむしろ日常の側にあるものだったんです。だからこそ、あくまで法廷小説の要素はサブに回して、ＡＩや青春群像をメインに据えた小説を書いていこうと思っていました。

若林　しかし、デビュー作は真正面のリーガルスリラーでしたね。どの時点でリーガルスリラーに絞って作品を書こうと方針転換したのですか？

五十嵐　自分の武器を洗い出して書いてみたものの、どの新人賞も良くて最終候補止まりで受賞できず、悩んでいた時期がありました。その時に「法律の要素って、そりゃ自分にとっては日常だけれど、読者からすれば完全に非日常の光景だよね」ということにやっと気が付いたんです。その段階に至って法律をメインに据えた小説を書き始めました。

ただし、法廷小説を書く上で工夫すべき点を二つに絞りました。一つは人間ドラマよりも、本格ミステリの要素を強く押し出すこと。先ほども述べましたが、日本のリーガルものは人間ドラマの方に厚みを持たせることが多いのかな、と自分では思っていたので、そこはとことん濃い謎解きの要素を加えようと思いました。

もう一つは青春小説の要素を色濃くしようと思ったことです。これまで自分が接してきたリーガルものは、たいてい登場人物の年齢が比較的高いという印象がありました。登場する法律家も人生の酸いも甘いも噛《か》み分けた人が多いイメージです。だとしたら、逆に精神的に未熟な青少年をメインに据えた物語を書けば、より新しいリーガルスリラーが書けるはずだと考えたんです。こういう掛け合わせで物事を考えていくのが私の癖ですが、結果として生まれたのが法廷もの・謎解き・青春群像を組み合わせた『法廷遊戯』だったということです。

若林 『法廷遊戯』は、第一部が「無辜《むこ》ゲーム」と呼ばれるロースクールで展開されている模擬裁判、第二部では実際に行われている裁判の模様を描くという、今までのリーガルスリラーには無い構成を持った作品です。このような構成を取ろうと思ったきっかけは何でしょうか？

五十嵐 これは読者に対して、法廷の模様というものを分かりやすく伝えるための工夫をしたい、と思ったことがきっかけです。裁判の様子って、司法機関がスムーズに執行できるように整えられている面も手伝って、法律を学んでいない一般の方にとっては非常に分かりにくくなっていると思うんです。でも、それを読者にも分かりやすく小説内で説明しようとすると、何だかわざとらしい描写が続いて物語としてスマートではないな、と。

そこで思い付いたのが、まずは学生たちによる模擬裁判の模様を描くという手法でした。これならば、法律を学んでいる最中の学生たちが裁判を理解するために説明を受ける、という体《てい》で解説を違和感なく挟むことが出来る。また読者にとっても、まず模擬裁判でおおよその流れを摑《つか》むことが出来れば、その後に描く実際の裁判模様も理解しやすくなるのでは、と考えたんです。

若林 ああいう模擬裁判的なものを、例えば学生が自主的に行ったりするのは、実際あり得ることなんですか？

五十嵐 大学の法学部は一般就職する学生も多いので、そこまで活発ではないと思います。ロースクールへ進学する人たちは基本的に司法試験の合格を目指している人たちですし、何より法律を学ぶことそのものが好きな人たちが多いので、ロースクールでは学生たちが自主的に模擬裁判を行っているところは多いと思います。

若林　これは実際の法制度というより、ミステリの技法の話として捉えていただきたいんですが、よく法廷小説などを読んでいると論理バトルのような形で謎解きを描く作品がありますよね。現実の裁判とは違いますが、例えば円居挽《まどいばん》さんの〈ルヴォワール〉シリーズなどは疑似法廷内での論理バトルを主眼にした作品ですし、それを生み出す土壌となったゲームの〈逆転裁判《ぎゃくてんさいばん》〉シリーズも法廷で相手の論理の隙を突くことが、作品の肝になっています。ある意味で読者の中には法廷ミステリ＝論理バトルを描くもの、という図式も成り立っているかと思いますが、『法廷遊戯』はそのような要素が希薄に感じられました。

五十嵐　これについては、先ほどの「日本の法制度は、どんでん返しが起こりづらい仕組みになっている」というのと、同じ理屈です。基本的に日本の裁判では新たな証拠を提出する場合は、きちんとした手続きを踏まねばならず、公判中に新事実が突きつけられるという展開がほとんどないんです。だから、法廷ゲームやドラマによくあるような「異議あり！」なんて検察側もしくは弁護側が言う場面は、本来限られています。

それは裁判員制度が導入されてからは、尚更《なおさら》そうですね。裁判員制度というのは基本的には法律や裁判のことは知らない一般の方が参加する制度なので、裁判の手続きや流れというものを誰でも分かるようオープンに説明しなければなりません。これは裏を返せば、裁判が進んで証拠の解釈や証言がひっくり返るようなことが起きにくいということでもあります。事前に誰もが理解できるよう、しっかり制度が整えられているわけですから。したがって議論によって裁判が紛糾したりすることは基本的には無い。そして、自分の小説においても、そうした現実を反映させて論理バトルのようなものは書かないことにしました。

少年犯罪は大人がしっかりしなければいけない問題だ

若林　第二作『不《ふ》可《か》逆《ぎゃく》少年《しょうねん》』は少年犯罪を題材にした小説で、デビュー作の『法廷遊戯』とはまた違った角度で書かれたリーガル小説です。『法廷遊戯』が刊行されたのが二〇二〇年七月だったのですが、『不可逆少年』は二〇二一年一月刊。けっこうなハイペースで次作を刊行されたな、と思いました。実際にどのくらいの時点で執筆が完了していたのですか？

五十嵐　正直に言いますと、『法廷遊戯』が発売された段階で、第三作である『原因において自由な物語』までは書き終わっていた記憶があります。

若林　実は『不可逆少年』が刊行された時、メールインタビューを五十嵐さんにしました。その際に「五十嵐さんの印象に残っている少年犯罪について教えてください」という質問をしたんですね。五十嵐さんの回答は大津《おおつ》で起こった中二いじめ自殺事件でした。世代のせいでしょうか、私は少年犯罪と聞くと一九九七年に起こった「神戸連続児童殺傷事件」のことを真っ先に思い浮かべますし、その後二〇〇〇年に発生した「西鉄バスジャック事件」のことも連想します。どうしても猟奇的でショッキングな事件に目が行きがちで、「いじめ＝少年犯罪」という認識がすっぽりと抜け落ちていたことに五十嵐さんからの回答を読んで気付きました。

五十嵐　少年犯罪という単語を聞いた時に、センセーショナルな事件を挙げることは幾らでも出来ると思うんです。そして好奇心からそういった大事件の裏側を知りたくなる心理も、分からないわけではありません。ですが、そこから少年犯罪について真剣に何かを議論しようと思った時に、何か今後に繋《つな》がるようなことが浮かび上がるのかというと、実はそうでもないのでは、という気がしています。すくなくとも私は思い浮かびません。

なぜメールインタビューで大津のいじめ事件を取り上げたのかというと、自分の中でどうしても許せないことがこの事件においてはあったからです。

若林　それは何でしょうか？

五十嵐　大人の関わり方です。少年犯罪というのは未成年が精神的にも肉体的にも未熟だから起こり得るものではないか、と私は捉えています。未然に犯罪を防止する、あるいは起こってしまった後に二度と再犯しないようにする、というのは、大人が主体的になって取り組むべきことです。

ですが、大津の事件では大人はそうしなかった。いえ、しなかったどころか事件を隠蔽しようとした動きもありましたよね。未成年が犯した罪を前に、大人がそういう態度を絶対に取ってはいけないと私は思っています。『不可逆少年』は犯罪を巡る大人と子供との関わり方が一つのキーポイントになっていますが、私が大津の事件を挙げた理由にも同じ根っこがありますね。自分は小説を書く際、扱うテーマや登場人物たちからは一歩距離を置いて、冷静な視点から見つめようとすることの方が多いんですが、『不可逆少年』だけは一線を引かずにのめり込んで書いている気がしました。それも大津で起きた事件のように、少年犯罪については「大人がもっとしっかりして欲しい」という自分の強い願いがあるからだと思います。

若林　同じくメールインタビューでも質問しましたが、こういう少年犯罪などの題材は、かなりセンシティブな問題を孕《はら》んでいてエンタメ小説の題材にするのは、相当な神経を使うと思います。

五十嵐　そうですね。当然、少年犯罪は現在進行形で起こっていることですし、実際、身近に被害者も加害者もいる問題です。だからこそ、無理に答えを出そうとせずに書こうと思いました。世の中が抱えている問題に対して「自分の中で何か答えを出さなきゃいけない」と思ったり、「小説なのだから最後に何かしらメッセージを残さなきゃいけない」と思っていると、おそらく『不可逆少年』のような小説は書けないと思うんです。現時点における問題を炙《あぶ》り出した上で、考えるきっかけになってくれたらいいな、というスタンスの方が少年犯罪のようにセンシティブな問題を取り扱う時は良いかもしれません。

　実際、執筆した当初は「『不可逆少年』という作品は割と賛否が分かれる作品になるだろうな」と思っていました。デビュー作が謎解きミステリを描いていて、明確にエンターテインメント小説だったということもあったので、尚更二作目は評価が割れるだろうな、と。ところが、Twitter（現X）のDMで感想を送ってくださる方の中で一番言及が多いのは『不可逆少年』なんです。なかには家裁調査官を目指しているという人からDMが来て「あの作品を読んで、調査官試験を受けることにしました」と言ってくれることもあって、刺さる人にはきちんと刺さるように書くことが出来たんだな、と未《いま》だに嬉《うれ》しく思っています。

若林　『不可逆少年』は、「やり直せるから、少年なんだよ」と主人公が語りかける姿が印象的な小説でした。『法廷遊戯』でもそうでしたが、五十嵐さんの小説に出てくる若者たちは、家庭環境をはじめ様々な要因で幼くして人生を歪《ゆが》められてしまった人々として描かれることが多いですよね。そういう若者たちに対する優しさのようなものが伝わってきます。

五十嵐　それは自分自身が何か不運だったから、ではなく、また不運な若者を描きたいわけでもなく、可塑性について描きたいと思っているからでしょう。

若林　可塑性とは、「発展途上にある少年は適正な教育や環境によって更生することが出来る」という、少年法の根本にある精神ですね。

五十嵐　はい。私は日本が、過ちを犯した人でもやり直しが出来る社会になって欲しいと思っています。しかし、今の日本は一度ミスや過ちを犯した人に対して恐ろしく不寛容ですよね。情報が流出すればそれがデジタルタトゥーとしてネット社会の中に残ってしまい、少年犯罪の報道で名前が伏せられていても、ネット上で特定班みたいな人が出てきて個人情報を晒《さら》して、ネットリンチにかけたりする動きもある。そもそも「少年時代に犯罪を行った人間は、成長したってまともな大人にならないんだから排除すべきだ」と思っている人も非常に多い気がします。もちろん被害者側の感情として、許せない気持ちがあってそれを表明することはあると思います。ですが、社会全体が一丸となって一度過ちを犯した若者に二度と立ち直れないようなレッテルを貼るのもおかしいです。

だからこそ、自分の小説の中では不幸な境遇に追い込まれた若い人たちに焦点を当てて、その人たちがどうすればやり直すことが出来るのか、見届けるような物語を書いていきたいと思っています。その中で大切なのは、繰り返しになってしまいますが大人の存在ですよね。綺麗《きれい》ごとであっても寄り添ってくれる大人や、厳しいことを言ってきても「罪を一緒に償おう」と言ってくれる大人など、そういう人たちとの関わり方で未成年は如何様《いかよう》にも変わることが出来ると信じています。それはデビュー作以来、一貫して変わりませんね。

法を日常に落とし込むことで、新たなリーガル小説が生まれる

若林　三作目の『原因において自由な物語』を読んだ時は、正直言ってかなり吃驚《びっくり》したんです。これはネタばらしを避けながら説明するのが非常に難しい小説ではあるんですが……一言でいうと作家小説じゃないですか、これ。『法廷遊戯』にしろ、『不可逆少年』にしろ、ご自身の核というべきリーガルものに真正面

から挑んできた五十嵐さんが、ここにきて作家小説にチャレンジしたというのが、まず一つ目の驚き。

もう一つが「三作目にして、この題材に挑むのか」という驚きです。デビュー間もない方が作家小説を書くのって、わりと勇気のいることだよなって、正直なところ思うんですよね。作家小説というのは自己言及の小説であるから、自分の身近なものをネタにして書くということに繋がります。しかしキャリアが浅い中でそういう自己言及的な物語を描こうとすると、変にメタ的な書き方に走って内輪に閉じた小説になりがちな部分も大きいと思うんですよね。

三作目にして作家小説を書いてみようと思ったきっかけは何だったのでしょうか？

五十嵐　核心に触れない程度にちょっとだけ踏み込んだことを、今から話します。

『原因において自由な物語』は作家小説であると同時に、弁護士小説でもあると自分では捉えています。作家と弁護士が主要な登場人物として出てくるのですが、実はこの作品を書いた時、私は弁護士登録してからまだ一年半しかたっていなかったんです。つまり作家としても、弁護士としてもまだ駆け出しの新人の身分で、自分の身近なことを書いたことになります。

じゃあ、何でそんな身近なことをわざわざ書こうと思ったのかというと……やはりデビュー時から「自分にしか書けないものを書きたい」という思いが非常に強かったんです。

ここでいう「自分にしか書けないもの」というのは、単に法律であるとか裁判であるとか、得意分野のことだけを指すのではありません。

同じ自分でも、年を取った五年後の自分、あるいは十年後の自分には書けなくなっているものを書きたい、という意味も含まれています。

若林さんが仰《おつしや》るように、キャリアの浅い段階でメタ的な趣向の強い作家小説を書こうというのは、ちょっとリスクの高いことかもしれません。でも、作家としても、弁護士としても、駆け出しの今だからこそ見える風景、今しか見えない風景があると思ったんです。だから、それを物語に刻みたくて『原因に〜』という小説に挑みました。

若林　この『原因において自由な物語』というタイトルは、実際の法律用語から取られているんですよね。その法律用語が着想元になってプロットを組み立てていったのか、それともプロットを組み立てていった中で自然と湧き出てきたのか、どちらなのでしょうか。

五十嵐　元になっている用語は「原因において自由な行為」という、刑法における理論です。この「原因において自由な行為」をきちんと説明しようとすると、それはもう、たいへんに長くなるので止《や》めておきます。が、作品の成り立ちに関わるので例え話を使って簡単に説明しますね。AさんがBさんがお酒を飲んでベロンベロンに酔っぱらってしまった状態でBさんを殴ったとします。人を殴るのは当然犯罪ですが、殴ってしまった時に自分の行動を理解する能力か、自分の行動を制御する能力のどちらかが欠けている人を罰することは出来ません。この責任能力の有無によって、罰せられるか罰せられないかが決まる、というのが大前提としてあります。

では、AさんがBさんのことを恨んでいて、かねて殴りたいと思っていたのだけれど、勇気が無かったのでお酒の力を借りて殴った、という場合にはどうか。これについては原因となる行為、つまりお酒を飲んだという時点で責任能力があることが認められれば、Aさんは罪に問われる、ということなんです。

ちなみにたいていの法学部生はこの「原因において自由な行為」が大好きでして、これにまつわるお酒のコールがあるくらいです。

若林　そんなのがあるんですか（笑）。

五十嵐　単に言葉の響きが恰好《かっこう》良いからだと思います（笑）。それはさておき、この「原因において自由な行為」というのは何も刑事事件を考える時に限って適用される理論ではない、と私は思っています。例えば「好きな子がいて告白したいんだけど勇気を振り絞れないから、無理くり自分を追い詰めてきっかけを作る」とか「仕事をやめたいんだけど上司に怒られるのが怖いから、わざわざミスして解雇されるように仕向ける」とか、法律学って実は日常で起こっていることと密接に関わり合いがあるんだよ、という風に考えた時に、「そうだ。ある題材を『原因において自由な行為』に当て嵌めて小説を書いてみたらどうだろう」ということで生まれたのが『原因において自由な物語』でした。

若林　今の五十嵐さんのお話を聞いていると、『原因において自由な物語』というのはリーガルスリラーの最新形なんだな、と思いました。ミステリ読者がリーガルスリラーと聞くと、どうしても法廷内で起きるドラマを想起したり、あるいは検事や弁護士が探偵役の謎解き小説をイメージしてしまいがちです。ですが、五十嵐さんの場合は法律の概念を抽象化して、それを日常に当て嵌めたり、あるいは別のジャンルと掛け合わせることで今までにないリーガルスリラーの形を生み出そうとしている気がします。

五十嵐　例えば私が警察小説を書きたい、あるいは医療ミステリを書きたいと思った時、一生懸命に警察組織のことや医療のことを勉強すれば、小説として何とか形にするところまでは出来ると思います。けれど、それを読者が腑《ふ》に落ちるよう日常に落とし込む形で描くのは、その職業を通して学んだことが血肉になっていないとできません。

法律の概念をどういう風に日常へ応用できるのか、そしてそこから新たな物語を創造できるのか、ということは、今自分が法律を学んで法曹の最前線で事例を見ているからこそ書けるはずです。今後も「自分にしか書けないリーガルスリラー」にはとことん拘《こだわ》るつもりです。

（二〇二二・二・二十　於／オンライン）

五十嵐律人　著作リスト

法廷遊戯（講談社・講談社文庫）
不可逆少年（講談社・講談社文庫）
原因において自由な物語（講談社）
六法推理（KADOKAWA）
幻告（講談社）
魔女の原罪（文藝春秋）

五十嵐律人（いがらし・りつと）
1990年、岩手県生まれ。東北大学法科大学院を修了後、司法試験に合格。司法修習生時代の2020年、『法廷遊戯』で第62回メフィスト賞を受賞しデビューする。現在はベリーベスト法律事務所、第一東京弁護士会に所属する弁護士として活動する傍ら、小説を執筆している。本名でドラマ作品などの法律監修も担当している。

櫻田智也

SAKURADA TOMOYA

「短編集として勿体ないと読者に思わせることは絶対にしない、というポリシーを持って書きました」

櫻田智也の創造した名探偵、魞沢泉はG・K・チェスタトン、泡坂妻夫の作品から多大なる影響を受けたものだ。とぼけた性格ながら鋭い推理を披露する魞沢の姿にブラウン神父や亜愛一郎の姿を重ねる読者も多いだろう。しかし第二短編集『蟬かえる』では、それまでのチェスタトン・泡坂フォロワーとは異なる顔を魞沢は見せるのだ。この変化の背景を辿ると、二〇一〇年代の連作短編ミステリの在り方をめぐる諸問題が浮かび上がってきた。

チェスタトン、そして泡坂妻夫《あわさかつまお》

若林　櫻田《さくらだ》さんがG・K・チェスタトンの〈ブラウン神父〉シリーズに出会ったのはいつ頃のことでしょうか？

櫻田　大学時代ですね。高校時代は西村京太郎《にしむらきょうたろう》さんや内田康夫《うちだやすお》さんなどを読んでいたのですが、ちょうど大学に入った頃に綾辻行人《あやつじゆきと》さんの『時計館《とけいかん》の殺人《さつじん》』（講談社文庫）が文庫化したんですね。綾辻さんの〈館〉シリーズを読み始めたのをきっかけに、いわゆる「新本格ミステリ」と呼ばれる作品群に嵌《は》まったんです。「新本格ミステリ」を読んでいると海外古典ミステリの作家名が多く登場するので、今度は海外作品に興味を持ち始め、創元推理文庫に収録されている古典作品に手を伸ばしました。

若林　最初はエラリー・クイーンやアガサ・クリスティといった作家の作品でしょうか？

櫻田　いえ、ヘンリ・セシルの『メルトン先生《せんせい》の犯罪学演習《はんざいがくえんしゅう》』（大西尹明《おおにしただあき》訳）やA・E・W・メースンの『矢《や》の家《いえ》』（福永武彦《ふくながたけひこ》訳）、ロナルド・A・ノックスの『陸橋殺人事件《りっきょうさつじんじけん》』（宇野利泰《うのとしやす》訳）などを読みましたね。

若林　定番の大御所作家からは入らなかったんですね。

櫻田　はい。私はちょっと天邪鬼《あまのじゃく》なところがありまして、短編集を追っかけるにしても「シャーロック・ホームズではなくて、〈シャーロック・ホームズのライヴァルたち〉シリーズを読んでみよう」という感じでした。その流れで「シャーロック・ホームズものと双璧をなす」と紹介されていた〈ブラウン神父〉シリーズに興味を持ち、天邪鬼なので第二短編集の『ブラウン神父《しんぷ》の知恵《ちえ》』（中村保男《なかむらやすお》訳）を読んでみたんです。最初は読みづらいと感じたのですが、どこか心に引っかかる部分もあったので、一作目の『ブラウン神父《しんぷ》の童心《どうしん》』に戻って再び読み始めました。すると『童心』の冒頭に収録されている「青《あお》い十字《じゅうじ》架《か》」が非常に面白いと感じまして、そこから残りの〈ブラウン神父〉シリーズや、それ以外のチェスタトンの作品集も読み漁《あさ》ったんです。

若林　「青い十字架」はブラウン神父の初登場作ですが、どの点が面白いと感じたのでしょうか？　あるインタビューでは「いま読み返してもラストで感動します」と仰《おっしゃ》っているくらい、櫻田さんはこの作品に心を揺さぶられているようですが。

櫻田　これは不可思議な行動を取るブラウン神父をヴァランタンという刑事が追っかけていく、という話です。冒頭で謎が提示されて捜査と推理が描かれる、という形式ではなく、作中でとにかくよく分からないことが起こり続けて、その絵解きを行う物語なんですよね。私が感動したのはラストの場面でして、最終的に「一体何が起こっていたのか」が解き明かされた後に、視点人物のヴァランタン刑事がある人物に向かってブラウン神父へ敬意を示そうと言うんです。謎が解けた時に視点人物の内面が成長するというか、変化が起きたんだということが書かれていて、その部分に胸を打たれたんですよね。私は〈ブラウン神父〉シリーズを読むと、最後にしみじみとした気持ちになるんです。この、しみじみとした幕引きについては自作に相当な影響を与えていると思います。

若林　「青い十字架」で書かれているような謎は、いわゆる「ワットダニット」と形容できると思います。この言葉は『蟬《せみ》かえる』単行本版帯の推薦文で法月綸太郎《のりづきりんたろう》も使っていますが、「一体何が起こっているのか／起こったのか」という状況の謎をパズルとして扱うものだと、ここでは定義しておきましょう。先ほどのお話で私が興味深いと感じたのは、作中における登場人物の変化を〝成長〟と表現したことです。チェスタトン作品の特徴を、謎が解かれた途端に視点人物の内面が変化する、と評したのは納得しますが、それを〝成長〟という言葉で表したのは新鮮でした。

櫻田　それは〈ブラウン神父〉シリーズが、いわゆるホームズ＆ワトスン型のコンビで進行していく連作ではないことが大きいと思います。基本的には探偵と助手の組み合わせが登場する連作では、助手の側が成長して、探偵と同じ立場から物を言うようにはなりません。もちろん、今では様々なタイプのホームズ＆ワトスン型のコンビが書かれているので一概には言えませんが、少なくとも〈シャーロック・ホームズのライヴァルたち〉が活躍していた頃のミステリでは、やはりワトスン役は成長しないことの方が多かったでしょう。それを考えると〈ブラウン神父〉シリーズの場合は、一応フランボウという人物が相棒の立場で活躍する場面もありますが、探偵と助手のような役回りはありませんよね。視点人物はブラウン神父が切れ者であることを知らず、最初はのろまな神父さんとして馬鹿にしているわけです。ところが真相が明かされた後には、ブラウン神父に対する評価が変わるだけではなく、物事の見方が一変する感覚まで味わう。視点人物が探偵役の目線と一致する瞬間が描かれていることを、自分の中では何となく〝成長〟と表現しています。こういう変化が書かれる作品の方が自分は好きなんです。

若林　なるほど。その〈ブラウン神父〉シリーズの中でも、櫻田さんが最も影響を受けた一編として、第四短編集『ブラウン神父《しんぷ》の秘《ひ》密《みつ》』に収められている「大法律家《だいほうりつか》の鏡《かがみ》」を別のインタビューで挙げていました。ブラウン神父ものでは「見《み》えない男《おとこ》」「折《お》れた剣《けん》」「機械《きかい》のあやまち」など、『童心』や『知恵』に入っている有名作が真っ先に思い浮かびますが、「大法律家の鏡」を挙げるのは割と珍しい気がします。どのような点が〈魞沢泉《えりさわせん》〉シリーズに影響を与えたのでしょうか？

櫻田　ネタばらしを避けるためにぼかして言いますが、犯人当て以外の部分にミステリとしての力点を置いている点だと思います。「大法律家の鏡」は探偵役が犯人を指摘する前段階で〝ある謎〟が描かれるんですが、その謎の方が私にとっては魅力的だったんです。

若林　櫻田さんの仰る〝ある謎〟というのは、ある登場人物がなぜそのような行動を取ったのだろうか、というホワイダニットですよね。おそらくチェスタトンの中では犯人当ての方が主眼だったのだけれど、櫻田さんの心に残ったのはwhyの謎を解くことによって、その人物や物語全体の背景が立ち上がるところだったということでしょうか。

櫻田　はい、まさしくそうです。私が「サーチライトと誘蛾灯《ゆうがとう》」でミステリーズ！新人賞を受賞した時、選考委員の法月綸太郎さんが「事件の真相は割と他愛ないもの。ただ、殺人犯の正体よりも、出来事の背景に見え隠れするある存在の倒錯性を炙《あぶ》り出していく点に面白さがある」と仰っていました。確かにそうだな、と自分でも思います。「サーチライトと誘蛾灯」と「大法律家の鏡」は、通常のフーダニットとは別のところに力点があって、犯人の指摘はある意味で添え物の感じを出しているところが共通項です。殺人犯を探偵が見つけ出すことよりも、それ以外の部分で「何が起きているのか」という謎を追っかける話が書きたかった。犯人当てではないことを名探偵が行うことに、新鮮味を感じてもらいたかったんです。

若林　チェスタトンの他に、泡坂妻夫の作品が好きだとお聞きしています。泡坂作品にはまさにブラウン神父ものを彷彿《ほうふつ》とさせる〈亜愛《ああい》一郎《いちろう》〉シリーズがありますよね。いっぽうで『湖底《こてい》のまつり』や『迷蝶《めいちょう》の島《しま》』のような幻想的な長編もあれば、〈奇術探偵《きじゅつたんてい》曾我佳城《そがかじょう》〉シリーズのようなトリックの魅力を主眼に置いた短編もあるなど、その魅力を一括《ひとくく》りにして表現することが出来ない作家だと思います。櫻田さんから見て、泡坂作品の最大の魅力とは何でしょうか？

櫻田　物語の構成力にすごい惹《ひ》かれますね。泡坂さんといえば、奇抜なロジックや意表を突くトリックに驚かされることもありますが、それを支える物語の作り方の方にむしろ自分は魅力を感じます。もちろん、〈亜愛一郎〉シリーズから影響を受けてはいますが、あの中で展開されるロジックだけ抜き取っても、決して良いミステリを書けるとは限らない。それを効果的に使うための物語作りが肝心なのです。

若林　「サーチライトと誘蛾灯」の選評で、ミステリ評論家の新保博久《しんぽひろひさ》さんが「連城《れんじよう》三紀《みき》彦《ひこ》フォロワーは多いが、泡坂妻夫フォロワーは案外少ない。それは連城作品が外見から真《ま》似《ね》しやすい作風なのに対し、泡坂作品は会話の雰囲気なども含めて、案外真似しづらい」からだということを仰っていて、なるほど、と思いました。ただ、櫻田さんの場合は会話の書き方などは、泡坂さんではなく、ミステリ以外の作家や作品からの影響があるのではないか、と。

櫻田　あっ、それはそうかもしれません。高校生の時にミステリ以外で初めて夢中になった小説というのが、中島《なかじま》らもさんと清水義範《しみずよしのり》さんの作品なんです。それぞれ最初に読んだのが、らもさんは『超老《ちょうろう》伝《でん》　カポエラをする人』（角川文庫）で、清水さんが『永遠《えいえん》のジャック&ベティ』（講談社文庫）。このお二人の作品で初めて小説の文章で笑うという体験をしました。

小説以外では、やはりお笑いの影響が強いですね。私はダウンタウンが登場してきたのを楽しんで観《み》た世代でして、ダウンタウン以降のコントや漫才の構造がどんどん複雑化していった歴史を見ているわけでもあります。

若林　お笑いの複雑化というのは具体的に？

櫻田　コントや漫才の中に伏線を張って回収するパターンが編み出されてきたんですよ。その変化を非常に面白がって追っかけていました。「サーチライトと誘蛾灯」における台詞《せりふ》の応酬は、小説の影響以上にダウンタウン以降の漫才のテンポを意識したものになっています。泡坂さんの〈亜愛一郎〉シリーズにもユーモアのある掛け合いは書かれていますが、あれよりもより速いテンポですね。

若林　なるほど。ところで実際のところ、亜愛一郎のキャラクターというのはどこまで意識して鮎沢泉に投影させたのでしょうか？

櫻田　率直に申しますと、亜愛一郎とブラウン神父を掛け合わせて程良くブレンドしたものを書ければと思っていました。さらに言うと作品全体としてはチェスタトンの幻想的な雰囲気を出せれば良いかな、とも。ただ実際に出来上がった作品を読み返すと、幻想的な雰囲気はおろか、鮎沢泉のキャラクターにブラウン神父の影はほとんどありませんね。

『蟬かえる』から考える連作短編の在り方

若林　櫻田さんの第二作『蟬かえる』は、『サーチライトと誘蛾灯』に続いて鮎沢泉が探偵役を務める連作短編集です。が、一作目と比べて、かなり連作短編集の在り方として変化があるんですよね。最大の違いは、ある意味で謎解き装置として徹していた感のある鮎沢泉のバックグラウンドが浮かび上がるような構成になっていることでした。読んだ当時は「ブラウン神父や亜愛一郎のフォロワーのように思われていた作家さんだけれど、どうやら独自路線を見つけたらしいぞ」と感じたものです。

本作でこのような構成を取ったのは、何か具体的なきっかけがあったのでしょうか？

櫻田　最大の理由は、私が生み出した鮎沢泉というキャラクターが気の毒になったことです。

若林　気の毒？

櫻田　『サーチライトと誘蛾灯』を刊行した際に、「鮎沢泉のキャラクターが薄い」という意見を読者から頂戴したことがあるんです。おまけにデビュー作は出版できたものの、正直に言ってそれほど話題にはならなかったのが悲しくて……。鮎沢泉のシリーズはぜひとも続けたいけれど、シリーズとして続けさせてもらうにはキャラクターの認知度をそれなりに上げる必要がある。それに「キャラが薄い」なんて言われたけれど、自分としてはせっかくあんなに良いキャラクターを生み出せたのだから、そんなに活躍させずに消されてしまうのは、あまりにも不憫《ふびん》だし鮎沢くんに申し訳ないような気持ちがしたんです。

そこで鮎沢くんをとにかく主役の座に着かせて、今一度謎解きをさせてあげたいと思ったのが最初のきっかけです。

若林　なるほど。実を言うと、櫻田さんの中にそういうキャラクターを前面に出していくことへの葛藤があったのではないか、と『蝉かえる』を読んでいた時に思ったんですね。というのは、同書に収録されている表題作と日本推理作家協会賞の短編部門候補にもなった「コマチグモ」とでは、それぞれで描かれている鮎沢泉というキャラクターの微妙な変化を感じ取ったからです。「蝉かえる」と「コマチグモ」では同じ客観的な立場からの探偵役を務めているように思えて、後者の場合は鮎沢というキャラクターの内奥が垣間見える瞬間がほんの少し書かれているんです。

「蝉かえる」が東京創元社の『ミステリーズ！』に掲載されたのが二〇一八年一二月のことで前年に『サーチライトと誘蛾灯』が刊行されています。いっぽう「コマチグモ」は二〇一九年四月に同誌に掲載されていて、後半に収録されている「彼方《かなた》の甲虫《かぶとむし》」「ホタル計画《けいかく》」「サブサハラの蠅《はえ》」は書下ろしになっている。そうすると「蟬かえる」で推理マシーンに徹していた魞沢の役回りが一旦終わり、「コマチグモ」を序章として魞沢の内面に分け入っていく新たな連作が始まったと評価するのが正しいのでは、と思えてきます。

櫻田　鋭いですね……。仰る通り、「蟬かえる」については、『サーチライトと誘蛾灯』に収められている「火事《かじ》と標本《ひょうほん》」が日本推理作家協会賞短編部門の候補作になったことを受けて書かれたような作品です。先ほどデビュー作について「話題にならなかった」と言いましたが、「火事と標本」については評価してもらえたので、魞沢泉のシリーズを再開するにあたって、同じく回想の形式で事件を扱う作品を書いてみたのが、「蟬かえる」でした。その意味では『サーチライトと誘蛾灯』における探偵役の立ち位置や形式を、そのまま踏襲しているのが「蟬かえる」という作品なんですね。そしてこの時点では連作にしていく構成を全く考えていなかったんです。

　それが変わったのが「コマチグモ」を書いた時です。先ほど説明した「魞沢泉のキャラクターが薄い」問題を受けて「これは何とかせねば」と思い始めた時期だったので、この「コマチグモ」を執筆した時は、確かに第二短編集の後半は連作形式にしようという構想をすでに練り始めていたんですよね。

　ご指摘の通り、「コマチグモ」における魞沢泉は、どこかアンニュイな感じがして「蟬かえる」以前とはちょっと雰囲気が違いますよね。これには理由があって、実は「コマチグモ」については時系列として第三話の「彼方の甲虫」と第五話の「サブサハラの蠅」の間に位置する話にしようか、という裏設定めいたことを考えていたんです。お読みになっていただいた方には分かるかもしれませんが、「彼方の甲虫」は鮎沢泉というキャラクターの変遷を語る上で重要な作品になっていて、同作で起こった出来事が如何《いか》に主人公の心理に影響を与えていたのかということを「コマチグモ」で暗に語り、「サブサハラの蠅」で一連の流れを締めくくるという構成を考えていました。結果としてあまり上手《うま》くいかなかったのですが、それでも「コマチグモ」から鮎沢泉という主人公を掘り下げていくことを企んでいたのは事実です。

若林　確かに「コマチグモ」以降の鮎沢泉の心理は、グラデーションをなすように変化しているように思えます。

櫻田　仰る通りで「コマチグモ」を起点にして、徐々に変化を感じられるような流れを連作短編集として作りたかったということはあります。変化というより、雰囲気を引きずっていくような描き方は出来ないかな、という狙いは確かにありましたね。「コマチグモ」を書いた時にもう一つ、自分がきちんと連作を書かなければという意識が芽生えた理由があるんですよ。

若林　それは何ですか？

櫻田　伊吹亜門《いぶきあもん》さんの『刀《かたな》と傘《かさ》』（創元推理文庫）と浅ノ宮遼《あさのみやりょう》さんの『臨床探偵《りんしょうたんてい》と消《き》えた脳《のう》病変《びょうへん》』（同）の存在ですね。お二人とも私と同じミステリーズ！新人賞の出身ですが、両者のデビュー短編集の収録順を見ると、新人賞受賞作を先頭ではなくて真ん中に置いているんですよね。つまりこれは、連作短編集として各話の流れをしっかり構成して配置しているということです。いっぽう私の『サーチライトと誘蛾灯』は特に脈絡なく五編を並べていただけ。二人とも一冊の本としての構成を考えていたんだな、それに比べて自分は何も考えていなかったな、と気が付いて、自分でも連作集としての構成をしっかり組んだ上で執筆してみようと思ったんです。

若林　逆に言うと、それまでは連作集としての流れをそれほど重要視していなかったということですか？　書き手としても、読み手としても。

櫻田　そうですね。何というか、自分の中でのミステリ短編集のイメージは、一編一編が独立して楽しめるようになっているものでした。それは同一の探偵役が登場する連作短編集と呼ばれるものも同じで、基本的には一話完結の形式で読ませるものだ、という意識が強かったです。だから自分が作家になった時もどこから読んでも楽しめる短編集を出そう、と思って『サーチライトと誘蛾灯』を刊行しました。

でも、最近の連作短編集と呼ばれているものを読むと、そうではないのかな、と思うことも多々あって。話題になった連作短編集は一話ごとに独立せず、短編同士が何らかの仕掛けで繋《つな》がっていることが多い気がします。そういう作品を読むと「自分もこういう構成をした方が良いのかな」と心が揺らぐ時がありますね。

若林　これはもう、ぶっちゃけて聞いちゃうのですが、櫻田さんはひょっとして「全体を通して読むと、初めて仕掛けが分かるような連作短編集」の在り方がそれほどお好きではないのでしょうか？

櫻田　正直に言うと……好きじゃないですね。何というか、一冊の本として非常に勿体《もったい》ない気がしませんか。せっかく一編一編を読んできたのに、それを一発でふいにするような仕掛けに出くわすと「今まで読んできた話は一体何だったんだ」という気分になってしまいます。ひとつひとつの短編を取り出して読んでも面白く、その上で全体を貫く仕掛けでさらに驚かされる、といった具合に完成度が高ければ何の文句もありません。でも、各編の完成度の弱さをごまかす方便として、そういう仕掛けが使われているのだとしたら読者としては非常にモヤモヤするものを感じてしまいます。

『サーチライトと誘蛾灯』に関しては、自分では短編集として勿体ないと読者に思わせることは絶対にしない、というポリシーを持って書きました。繰り返しますが私がイメージする連作短編集の在り方は、同一の探偵が毎回登場するが、一編ごとに話は独立して楽しめるものです。魞沢泉の変化を表そうとした『蝉かえる』においても、基本的にその姿勢は崩していないつもりです。どこから読んでも謎解きミステリとしてはそれ一つで完結していて、かつ謎解きの完成度は高いものを読者に読んでもらいたい。

ただ一つ、各編の繫がりを意識するというのであれば、それは何かしらの仕掛けを施すのではなく、時間の経過を読者に示すような書き方をすればよいだろうと。だから『蝉かえる』では前作とは違い地名や時代設定をぼかさず具体的に書いて、読者が時間の流れを特定しやすいようにしたんです。

「キャラが薄い」って、どういうこと？

若林　鯱沢泉というキャラクターは、探偵役としては最初からほぼ完成されている感じがありました。つまり、『サーチライトと誘蛾灯』における推理マシーンとしての役に徹していれば、安定して短編を量産し続けることも出来たはずです。少々意地の悪い質問になってしまい恐縮ですが、敢《あ》えてキャラクターの背景を掘り下げていくことに対して不安はなかったのでしょうか？

櫻田　その質問には二つの答えがあると思っています。一つは、そういう不安を感じないほどに、鯱沢泉という登場人物はあまりに色が無かった、ということです。目立った特徴としては昆虫好きという設定くらいで、外見の描写も最初から敢えてしていません。もちろん鯱沢泉を一人称視点に置いているわけでもないので、内面も分からない。本当に記号だったんですよ、鯱沢くんは。

二つ目の答えとして、実は『蟬かえる』でもキャラクターを掘り下げたわけではない、ということです。お読みいただければ分かる通り、『蟬かえる』においても鯱沢泉の外見について描写はほとんどしていません。また、キャラクターを前面に出すようになった、と指摘されますが、それも鯱沢泉という人物が自ら内面のことをペラペラと喋《しゃべ》ったり、あるいは前作には無かった設定が追加されるといったことではありません。鯱沢泉の人生に深い関わりがあったり、大きな影響を与えたりする人物たちが同書に多く登場し、その人々の目線から鯱沢泉を多角的に捉えることが出来た、ということなんです。鮎沢くん自身のキャラクターが劇的に変化したわけでない。だから、そもそも不安が発生しようがないんですよね。

若林　外部から複数の視点で一人のキャラクターを描くことで、その人物が変化しているように見える、ということなんですね。

櫻田　そうですね。自分自身が外見描写や内面を吐露する描写を使って、直接的に登場人物の特徴を描くのが苦手である、という事情もあります。それよりも鮎沢泉を取り巻く人物を増やして、彼らの目に鮎沢泉という人物がどう見えるのかという間接的な方法で描写を行った方が、私の場合は読者に登場人物の造形を伝えやすいのではないか、と思ったんです。

若林　それにしても「キャラが薄い」という感想があったとのことですが、「キャラが薄い」ってどういう状態のことを指すんですかね？　分かりやすい個性が付与されていないってこと？

櫻田　うーん、私もよく分からないのですが、一つにはビジュアルイメージが喚起されないということがあるのではないでしょうか。やっぱり今〝キャラ〟とか〝キャラクター〟という単語を聞くと、アニメやライトノベルに登場するような人物の絵を思い浮かべたりすることが多くありませんか？　そういう観点で考えると、フィクションの登場人物を捉える時にまずは視覚的なイメージを浮かべることが出来るか否かで、キャラが立っているかどうかを判断しているのかもしれません。先ほどご説明した通り、私は出来るだけ鮎沢泉の外見描写を排除して描いているので、そういうビジュアルイメージが捉えにくいんだと思います。それが「キャラが薄い」という感想に繋がるのかも。

若林　でも櫻田さん自身、外見も含めてですが、キャラクターに過剰な個性を与えて読ませようということに関心が向いていないですよね？

櫻田　それは本当にないんですよね。そもそも鮎沢泉には、いわゆる謎を解くためだけに登場する名探偵とはちょっと違う役割を背負わせたかったので。

　チェスタトンの「青い十字架」の話をした時にも出てきましたが、私は探偵役の行動自体が一つの謎として提示されるミステリを、少なくともシリーズの初期では描きたかったんです。もっと言ってしまうと鮎沢泉は探偵役でさえなく、作品内で謎を構成する一パーツにしか過ぎないのかもしれません。主役はむしろ各編に登場する鮎沢以外の視点人物たちで、鮎沢がなぜそのような行動を取っているのか、ということを考えているうちに真相が分かって、彼ら自身の中でも何らかの変化がもたらされる。こういう構造のミステリを目指していたんです。そうすると、鮎沢自身にそれほどキャラ付けをする意味が無くなるんですよね。そもそも物語に謎そのものをもたらす存在なので、彼自身がどんな人物なのかを肉付けする必要がないんですよ。

若林　そうか、〈鮎沢泉〉シリーズにとって重要なのは、探偵役を取り巻く他者の存在なんですね。

櫻田　そうですね。このシリーズにとって大事なのは、鮎沢の推理によって各編の視点人物の内面にどのような変化が起こり、世界の見え方が探偵役と一致するようになるのか、ということなんです。神の如《ごと》き名探偵が推理を披露することで半ば強引に物事が変えられてしまうのではなく、あくまで登場人物の内面でのみ生じる変化をドラマチックに描きたいのです。そういう形式の物語を書きたい時に、いかにも名探偵ですという雰囲気を醸し出しているキャラクターはむしろ邪魔になってしまうんですよ。ですから、魞沢泉は敢えて名探偵として尖《とが》ったキャラ付けをしなかったのです。

若林　櫻田さんのお話を聞いていると、〈魞沢泉〉というのはある意味で二〇一〇年代の国内ミステリの潮流に逆らうような連作短編シリーズなのでは、という思いがしてきました。あくまで独立した短編としての面白さを追求し、連作としての繫がりはキャラクターの変化をグラデーションのように見せることで示す、というのは「個々の短編の完成度とバーターに大きな仕掛けを施す連作短編集」とは真逆の作り方ですし、探偵役に対して過度なキャラ付けを忌避する姿勢は、いわゆる〝キャラミス〟の在り方とは対極にあるのではないか、と。でも『蟬かえる』は日本推理作家協会賞長編および連作短編集部門と本格ミステリ大賞をダブル受賞して、非常に注目されるシリーズになりました。逆に魞沢泉というキャラクターに対する関心が高まっていて櫻田さん自身もこのキャラクターをどうしようか、新たな悩みに直面しているのではないでしょうか。

櫻田　確かに『蟬かえる』は「自分なりの連作短編集の在り方を提示してみせるぞ！」という意気込みのもと書いたので、逆に一仕事を終えた後に「さて、この後の鮎沢くんをどのように描こうか」と考えあぐねている部分はあります。
　ただ、そんなに大それたことにチャレンジしているわけではないよな、という気持ちでもあるんですよね。〈鮎沢泉〉シリーズというのは別に何か物語として新機軸を打ち立てるわけではないし、とんでもないトリックを毎回放り込むわけでもない。謎解き短編として極めて古風でオーソドックスなことをやっているという意識なので、あまり気負わずに鮎沢くんと付き合っていければ良いな、と思っています。

（二〇二二・三・六　於／オンライン）

櫻田智也　著作リスト

〈魞沢泉〉シリーズ

サーチライトと誘蛾灯（東京創元社・創元推理文庫）
蟬かえる（東京創元社・創元推理文庫）

櫻田智也（さくらだ・ともや）

1977年、北海道生まれ。2013年に「友はエスパー」が第４回創元SF短編賞の最終候補となる。同年に「サーチライトと誘蛾灯」で第10回ミステリーズ！新人賞を受賞、同作を表題作とした連作短編集を’17年に刊行する。’21年に第二短編集『蟬かえる』で第74回日本推理作家協会賞長編及び連作短編集部門、第21回本格ミステリ大賞小説部門を受賞。

二〇二二年にデビューした期待の新鋭たち

本格謎解きの分野で最注目の作家は荒木《あらき》あかねさんと鴨崎暖炉《かもさきだんろ》さんの二人でしょう。第六十八回江戸川乱歩賞を受賞した荒木さんの『此《こ》の世の果ての殺人』（講談社）は小惑星の衝突で地球滅亡が迫る中、端正な謎解きを描いて読者を感嘆させました。鴨崎さんのデビュー作『密室黄金時代の殺人　雪の館と六つのトリック』（宝島社文庫、第20回『このミステリーがすごい！　大賞』文庫グランプリ受賞作）は、奇抜な物語設定の中に多彩なトリックを詰め込んだ作品。アイディアが豊富な、ハウダニット小説の書き手として要注目です。

日部星花

HIBE SEIKA

**「児童向け小説は
ファンタジーや恋愛ものの中に
フーダニットの要素を盛り込んだ
作品の方が多い気がします」**

〈新世代ミステリ作家探訪〉シリーズで複数の作家と対談する中で、かなりの頻度で挙がる小説家の名前がある。はやみねかおるだ。児童向けミステリで幾つもの人気シリーズを持つはやみねの影響を受けた新世代作家は数多いだろう。そこでふと思った。日本における児童ミステリの現状を知りたい。はやみね作品の愛好家であることを公言し、自身も児童文学作家である日部星花に、児童ミステリのいまを聞いてみた。

図書館にジャンプ漫画が置いてあった

若林　日部《ひべ》さんは、はやみねかおるさんの作品に影響を受けたことを公言していらっしゃいます。はやみね作品を読み始めたのはいつ頃のことでしょうか？

日部　確か小学校三年生か四年生の時だったと思います。通っていた進学塾でテストを受けるとポイントが貯《た》まる制度があって、ポイントで好きな商品と交換できたんですね。その商品の中にはやみねさんの『そして五人《ごにん》がいなくなる』(講談社青い鳥文庫)があったんです。数ある景品の中から『そして五人〜』を選んだ理由は、ずばりタイトルです。『そして誰《だれ》もいなくなった』(ハヤカワ文庫)のオマージュであることを、一緒に景品カタログを見ていた父が指摘して「これはミステリ小説なのでは」と言ってくれて。そういえば、ミステリを読んだことないからこれにしようか、という形で手に取ったのがきっかけです。それまではシャーロック・ホームズものやアガサ・クリスティ作品の児童向け文庫なども読んだことがなかったので、はやみねさんの作品が人生で初めて読んだミステリになります。

若林　はやみね作品を読んでいる友達って、周りにいたんですか？

日部　いましたね。本好きの友人に「子供の頃何を読んでいた？」と聞くと、だいたい〈夢《ゆめ》水清志郎《みずきよしろう》〉シリーズか〈怪盗《かいとう》クイーン〉シリーズという答えが返ってくるので、読書体験の入り口として本当に機能しているんだな、と今でも思っています。

若林　『そして五人が〜』のどこに一番魅力を

感じましたか？

日部　もうトリックのインパクトに尽きますね。ネタばらしにひっかからないように言いますが、メインのお話である遊園地での子供消失事件以外に、物語の序盤である仕掛けが暴かれるんですよ。そこでもう、はやみね作品というかミステリの虜《とりこ》になってしまいました。ああ、ミステリってこんな物語なのか、と。

若林　ああ、なるほど。あの部分ですね、分かります。ちなみにはやみねさんの作品ですと、どれが一番、日部さんのお気に入りでしょうか？

日部　『機巧館《からくりやかた》のかぞえ唄《うた》』ですね。この本は大人になった今読み返しても分からないところもあるくらいに難しい小説なのですけれど、それゆえに印象に残る作品になっていると思います。

若林　今から思うと、あの作品は大人向けのものも含め、ミステリをよく読み込んだ人でなければ分からないようなネタも盛り込まれていて、講談社青い鳥文庫のメインターゲットにはなかなか刺さりづらいところもあったのではないかと思ってしまいます……。

日部　いやあ、初読の時は本当に難しかったです。でも、仕掛けられたトリックの印象は脳裏に焼き付くくらいに衝撃的でしたね。今見えている風景の境界線が分からなくなる恐ろしさみたいなのがあって。先ほど若林さんは「ミステリをよく読み込んだ人でなければ分からないネタが多い」と仰《おつしや》いましたが、逆に言うとコアなミステリファンではないからこそ衝撃が強く、あとまで引き摺《ず》るような恐怖を覚えるのではないかと考えています。

若林　大人向けのミステリを読み始めたのはい

つ頃だったのでしょうか？

日部　中学生の時ですね。中一の頃に東野圭吾《ひがしのけいご》さんの作品を読んで以来、東野作品ばかりを読んでいたんですが、中学二年生の時に『このミステリーがすごい！』大賞の受賞作が気になって何気なく手に取ったのが中山七里《なかやましちり》さんの『さよならドビュッシー』（宝島社文庫）でした。自分がいわゆる〝どんでん返し〟が用意されたミステリを好んで読むようになったきっかけは、中山七里さんの作品に出会ったことが大きいです。

若林　中山さんの本は本屋さんで見つけたんですか？

日部　いえ、図書館でした。中高一貫校だったので、そんなに大きな図書館ではなかったのですが高校生が手に取るような大人向けの本も揃《そろ》っていました。今から思い返すと、けっこう特殊な学校図書館だったのではないかな、と感じています。漫画などもかなり充実していましたしね。

若林　ええと、漫画というのは小学館や学研が刊行しているような学習漫画のことではなくて、「週刊少年《しゅうかんしょうねん》ジャンプ」（集英社）に掲載されているような少年漫画ということでしょうか？

日部　はい、そうです。漫画雑誌に載っているような作品が大量に置いてありました。念のため小学館漫画賞など、いわゆる漫画賞を受賞したものに限るという規定はあったらしいですが、長期で連載されているような人気漫画は基本的に受賞作が多いので、ジャンプコミックスの有名どころはたいてい揃っていましたね。

若林　『名探偵《めいたんてい》コナン』（小学館）なども置いて

あったんですかね？

日部　『名探偵コナン』は無かったですね。あ、でも小学校の図書館にはありました！

若林　えっ、繰り返しになっちゃうんですけれど、それはコナンがキャラクターとして出ている学習漫画ではなくて、『名探偵コナン』そのものがあったということですか？

日部　ありました。

若林　そうなんだ……。私、ギリギリの昭和生まれで、九〇年代に小学校へ通っていましたが、さすがに『名探偵コナン』が学校図書館に置かれていた記憶は無いな。

日部　確か小学校に漫画が置かれていたのも「漫画賞を受賞した作品だから」という理由だったと思いますね。この話をすると、けっこう驚かれる方が多いです。当時の自分は「これが普通なのかな」って思っていましたけれど、今にして思えば、小学校の図書館に『名探偵コナン』は置いて良いのかな、という気がしないでもないです。もちろん、漫画の持ち込みは小中高と厳しかったんですけれど、図書館に行けば漫画が読めたのでみんな読んでいました。そういう漫画作品も含めて、学校図書館は自分の読書体験の中では重要な位置を占めています。

若林　なるほど。そういう読書体験をしていた中学三年生の時、日部さんは角川つばさ文庫小説賞こども部門の準グランプリを受賞されています。最初は児童文学作家になろうと思っていたのですか？

日部　そうですね。講談社の青い鳥文庫や角川つばさ文庫などのレーベルで活躍する作家になりたいと思って、児童向けの小説を書いていたんです。

若林　ミステリを書こうとは思わなかったんですか？

日部　そうですね。中学で書いていた時のものは、あまりミステリを書こうと意識して書いていませんでした。もちろん、はやみね作品で出会った頃からミステリは大好きだったんですけれど、自分で書こうという気持ちにまではなれませんでした。本格的にミステリを書きたいと思ったのが、中山七里さんを始めとする『このミステリーがすごい！』大賞の作品を読み始めるようになってからです。特に中山さんの書く〝どんでん返し〟には大いに刺激を受けて、自分でもそういうすごいどんでん返しのあるミステリを書こうと思って書き上げたのが『このミステリーがすごい！』大賞に応募した『偽《いつわ》りの私達《わたしたち》』でした。

若林　角川つばさ文庫小説賞に送った作品が『死神《しにがみ》さんと七不思議《ななふしぎ》』というタイトルのものだそうですね。『偽りの私達』の村上貴史《むらかみたかし》氏による巻末解説によると、主人公が死神の少女に頼まれて、その死神の少女と一緒に学校の七不思議について調べるというお話だったとのこと。あらすじを聞く限りはホラーに近いのかな、と思うのですが、選評では「演出のしかたや、伏線のはり方などがとても巧み」であると評価されたそうです。これ、ひょっとすると謎解きミステリの要素がある作品だったのでは。

日部　はい。もう発表することも無いだろうから言ってしまいますと、実は叙述トリックが仕掛けられている作品だったんです。その意味では、ミステリを書こうと思う前からミステリを書いていたのかもしれませんね。

今の自分にしか書けないクローズドサークルものを書くために

若林　『偽りの私達』に続いて宝島社文庫で刊行した『袋小路《ふくろこうじ》くんは今日《きょう》もクローズドサークルにいる』は、事件現場を強制的にクローズドサークルにしてしまう呪いにかかってしまった高校生が、事件に巻き込まれるというか、勝手に密室を作ってしまって巻き込んでしまうというお話でした。ずいぶんとぶっ飛んだ設定で面白いな、と思ったのですが、そもそもこちらを思い付いたきっかけは何だったのですか？

日部　単純に「ミステリ作家になったのだから、クローズドサークルものに挑戦しよう」という風に思ったのが最初のきっかけです。ただ、嵐の山荘とか絶海に閉ざされた孤島だとかをいきなり書くのはハードルが高い。同時に自分がまだ学生であることの強みや弱みを考えていました。まだまだ行動範囲が狭いゆえに知っているものしか書けない、というのが弱みである半面、身近な日常風景である高校の様子をリアルに描くことが出来るというのが、今の自分が持つ強み。だったら、自分の得意分野である学校に引き寄せて、どうやってクローズドサークルを書こうかな、と悩みました。そこで思い付いたのが「強制的に密室を作り上げてしまうキャラクターを作ってしまおう」ということでした。

若林　なるほど。閉鎖空間を作り出すのが難しければ、そういうキャラクターを用意してしまえば良い、という逆転の発想が面白いですし、思い切りが良いですね。キャラクター小説の部分とクローズドサークルというミステリの趣向が結びついて「その手があったのか」と思わせるアイディアが生まれたというところが、非常に興味深いです。

ちなみにクローズドサークルもので、日部さんが面白いと感じた作品や影響を受けた作品があれば教えていただきたいです。

日部　やはり綾辻行人《あやつじゆきと》さんの『十角館《じゅっかくかん》の殺人《さつじん》』（講談社文庫）は外せませんね。ミステリが好きで読んできたとは言いましたが、いわゆる本格ミステリのガジェットががっつり詰め込まれた作品はそれほど読んできていないのでは、という思いもあるんです。でも、綾辻さんの〈館〉シリーズは別格ですし、ミステリ作家になったからにはどうしても憧れてしまいます。あとは『名探偵コナン』で描かれるようなクローズドサークルもののイメージでしょうか。逆にクリスティやクイーンといった古典作品からは、それほど影響を受けていないと思います。

若林　綾辻さんの作品を最初に読まれたのはいつ頃ですか？

日部　『十角館の殺人』自体は、高校生の頃でした。でも初めに読んだ綾辻作品は『十角館の殺人』ではなくて『Another』（角川文庫）でした。中高の図書館にありまして、それを手にとって読んだ感じですね。

若林　そうか、もう世代としては『十角館の殺人』より『Another』が綾辻作品への入り口になる人たちも多いわけか。アニメ化や映画化もされましたしね。

漫画作品としては『名探偵コナン』の名前が挙がりましたが、『金田一《きんだいちしょうねん》少年の事件簿《じけんぼ》』（講談社）の方はそれほど読んでいなかったのですか。

日部　いえ、『金田一少年の事件簿』も読んでいましたよ。でも小学校の頃に読むと、ちょっと事件の描写などが怖くて、『名探偵コナン』のようにじっくり読むようなことは無かったですね。

若林　ちょっと気になったのですが、『袋小路くんは〜』はいわゆる〝特殊設定ミステリ〟と呼ばれる作品ではないですか。〈新世代ミステリ作家探訪 Season I〉でも特殊設定ミステリについては近年の国内ミステリの潮流として何度かゲスト作家さんと議論したのですが、日部さん自身は本作を書いていた時は特殊設定ミステリが隆盛しているという意識はあったのでしょうか?

日部　あまり意識していなかったと思います。それ以前に特殊設定ミステリという言葉自体をあまり認知していなかったので、主人公が「強制的にクローズドサークルを作ってしまう体質」ということが特殊設定ミステリにカテゴライズされるものだということは考えてもいなかったです。特殊設定ミステリというサブジャンルがあることをはっきりと認識したのは方丈《ほうじょう》貴恵《きえ》さんの『孤島《ことう》の来訪者《らいほうしゃ》』（東京創元社）を読んだ時で、そのあたりから特殊設定ミステリというものが概念として存在することを初めて認識した感じですね。

若林　それは興味深いお話ですね。『偽りの私達』でも魔法使いがいるという都市伝説やループ現象などの超自然現象が物語のキーポイントになっていました。同書が刊行されたのは二〇一九年のことで、この頃には特殊な設定を使ったパズラーが多数刊行されていたと思います。そういう状況を考えると、特異な設定を盛り込んだ作品を二作続けて書いているあたり、やはりそういう潮流に対してかなり意識的であったのかな、と思っていたのですが、ちょっと違っていたんですね。

日部　うーん、そうですね。そもそも私はジャンルで括《くく》って読んでいくというより、いわゆる〝作家読み〟をするタイプなんですよね。だから中山七里さんの本をずっと読むとか、東野圭吾さんの作品をずっと追っかけるとか、そういう読み方をしていると、あまり「これは○○ミステリだな」という意識が芽生えないんです。もしかしたら、特殊設定ミステリと呼ばれるような作品も読んでいたのかもしれないけれど、いざ自分が書いた作品に具体的な影響を与えたタイトルを思い出そうとしても、浮かばないですね。

若林　意識していない、というよりは、もはや特殊な設定というか、スーパーナチュラルな要素や異世界が小説内にポンと出てくることに対して、あまり抵抗がないといった方が正確なのかな、という気もしています。児童小説の分野で日部さんは〈今日《きょう》から死神《しにがみ》やってみた！〉というシリーズを書いていますが、要は死神がいる世界のお話ではないですか。こういう世界を自然に書いていることが、ミステリにも表れているのではないかな、と思っていて。

日部　そうですね。それはあるかもしれません。私、ミステリ以外ではファンタジーが大好きだったんです。ファンタジー小説を読むのは幼い頃から本当に好きでしたし、少年漫画についてもファンタジーの要素が強いものが好きでした。おそらく、そういうファンタジーの世界観を使ってミステリを書くということに憧れがあって、それが特異な設定のミステリを受け入れる素地になっていたのかもしれませんね。

若林　本格的にファンタジーに嵌《は》まったきっかけの小説はあるのでしょうか？

日部　絵本以外で挙げるとすれば、メアリー・ポープ・オズボーンの〈マジック・ツリーハウス〉シリーズですね。

若林　以前、「小説《しょうせつ》現代《げんだい》」（講談社）の企画で「令和の探偵小説の進化と深化」という特集があって、その中に特殊設定ミステリについて若手作家たちが語る座談会というのがあったんです。私が司会進行を担当したのですが、その時に「特殊設定ミステリとのファーストコンタクトはどの作品でしたか？」という話をしたんですね。皆さん、けっこう面白い回答が返ってきたのですが、そのうちの一人の斜線堂有紀《しゃせんどうゆうき》さんが〈マジック・ツリーハウス〉シリーズの名前を挙げていたんです。「えっ、あれもミステリなのか」と一瞬思ったのですが、斜線堂さんの説明を聞くと、確かに〝特殊設定ミステリ〟として鑑賞できる作品だったのでは、と思いました。

日部　私も今言われて気付きました。子供の頃は当然、ファンタジーという括りで読んでいましたが、思い返せば暗号解読や謎解きの要素は確かに書かれていたと思います。本格ミステリと銘打っているわけではないですし、書いている側もミステリを書こうなどと思ってはいないでしょうが、ミステリ読者の琴線に触れる部分は沢山あった気がします。

若林　日部さんのお話を伺っていると、児童向けのファンタジー小説も、異世界を舞台にしたミステリを抵抗なく受け入れるきっかけになっているのかな、と思いました。そもそも特殊設定ミステリの祖型というべきランドル・ギャレットの〈ダーシー卿《きょう》〉シリーズは、魔術が存在する世界を舞台にしています。現代の特殊設定ミステリは、ゲーム・漫画・アニメといった文化からの影響が強いのでは、ということは〈Season I〉でもたびたび言及しましたが、児童向けのファンタジー小説の隆盛も土台になっていたのではないか、という気もしてきました。

日部　ミステリとファンタジーを掛け合わせる、というのは私の中では割と自然な感覚というか、あまり意識せずに受け入れている感じですね。ただ、ファンタジーについては小説よりも漫画の影響が強いと思います。もちろん、ファンタジーに嵌まるきっかけは小説だったのですが、どちらかといえばファンタジーの要素がある少年漫画を読み漁《あさ》った結果、どんどん好きになったという気がしますので。ミステリも好きですし、ファンタジーも好きですから、「じゃあ、好きなもの同士を掛け合わせて物語を書いてみよう」と考えるのは、ごく自然なことだと私は思っています。

若林　先ほど方丈貴恵さんのお名前が挙がっていましたが、方丈さんは「謎解きの可能性を拡張させるために特殊設定ミステリという手段を用いています」ということを仰っています。あるいは斜線堂有紀さんのように「キャッチーなあらすじを作るために、特殊な設定を書いて読者を惹《ひ》きつける」みたいに仰っている方もいますので、「ファンタジーの設定を盛り込むのは自然なこと」というのも、特殊設定に対する向き合い方の一つなのかな、と思いました。

いっぽうで方丈さんは「特殊設定ミステリ

を書く際は〝何でもあり〟の状態を防ぐ工夫が必要である」という旨のことも仰っていて、そこについてはどの作家さんも意識的に取り組まなければいけないのでは、と感じています。

日部　そうですね……。特にファンタジーの世界観でミステリを書く場合は、ルールが拡張してしまって〝何でもあり〟感が出てしまう恐れがあります。それが難しいな、と私も思います。

『袋小路くん～』の場合は、実は強制的にクローズドサークルが作られてしまうという設定以外は、いたって普通の謎解き小説になっているんです。ですからこの作品では、謎解きの可能性を広げるというよりは、物語を成立させるための前提条件を作るために特殊設定を盛り込んだ、という認識です。特殊な設定を持ち込むこと自体は私も好きですが、特殊な設定から細かくルールを定めて謎解きに結びつける、というところまでは出来ていません。

若林　でも逆に『袋小路くん～』は特殊設定に頼り過ぎた作品ではないということが、魅力なのではないかなと思いますよ。強制的にクローズドサークルが出来上がる、という設定自体はシンプルで、そこから複雑なルールが派生して謎解きをややこしくしているわけではない。これだけ突飛な設定なのに、「ゲームのためのゲーム」をしている感じがあまり無いのがこの作品の美点です。

日部　読者の中には「特殊設定ミステリは、作者に都合の良いようにルールを作り上げてしまうことが出来るから」という風に敬遠されてしまう方もいる、ということをチラッと耳にします。それは仰る通りかな、と私も思いますし、実は作者の方もけっこう悩ましいことがあります。ファンタジーの場合は魔法や呪いを一つ書いた途端に「それさえあれば、何でも出来ちゃうじゃん」ということになって、書き手側が自分の書いた設定を上手《うま》く回収できずに困ってしまう、ということが生じます。だから『袋小路くん〜』では謎解きの部分に関しては、現実世界で起こったとしてもミステリとして成立するように書くことを心掛けたんです。

若林　うん、そこは私も良いなと感じた部分です。謎解きに使われる部品自体は現実の空間にあるもので、ロジックも特殊な設定ありきで展開しているわけではない。第二話などは登場人物の位置関係を把握することが謎解きの肝になっていて、それこそエラリー・クイーンや鮎川哲也《あゆかわてつや》のような作品における堅実な謎解きを感じさせるものでした。こうした端正なフーダニットを書く上で影響を受けた作品はありますか?

日部　いやあ、実は思い浮かばないんですよね。先ほども申し上げた通り、はやみねかおるさんと東野圭吾さんと、中山七里さんが私の好きなミステリ作家さんなんですけれど、では皆さん、フーダニットを専門に書いていらっしゃるかというと、実はそこまで犯人当てに特化した作品ばかりを書いているわけではないんですよね。どちらかといえばトリックのインパクトや、物語全体に仕掛けられたサプライズみたいなものに惹かれたというか。限られた登場人物の中から犯人を当てるというタイプのミステリについては、小説よりは『名探偵コナン』のような推理漫画の方からの影響が強いです。

若林　ああ、なるほど。逆にスクウェアなフーダニットの形式については、漫画作品から学んだわけですか。ちょっと話は変わるのですが、『偽りの私達』にしても『袋小路くん〜』にしても、描かれる学校生活の光景は割と生々しいというか、かなりシリアスな問題にも切り込んでいる気がしました。『袋小路くん〜』などは、こんなにポップな表紙で可愛《かわい》らしい感じなのに、相当な毒を孕《はら》んでいる部分もありますよね。先ほど「今の自分にしか書けない、学校のリアルな空気を描きたい」という旨のことを仰っていましたが、ここら辺に対する拘《こだわ》りは思った以上に強いのかな、と感じました。

日部　そうですね。特に『偽りの私達』は拘って書いた覚えがあります。いや、もちろん自分の通っていた学校は割と平和な学校だったので、『偽りの私達』にあるような過激な一面は、あくまで私の想像の範疇《はんちゅう》にとどまることなんですが。それでも、平和な学校生活にも裏では見えないスクールカーストを感じることはあって、それをリアルな感覚で小説に反映することが出来ればよいな、と思って『偽りの私達』や『袋小路くん〜』は書きました。

若林　実は児童向けの〈今日から死神やってみた！〉シリーズでも、明るく賑《にぎ》やかなキャラクターの掛け合いが楽しいお話の中で、主人公の身の回りの友達関係や家族関係についてけっこう切実な問題が描かれていて、「人間関係にまつわるストレスは、年齢に関係なく抱えているものだな」と感じました。このシリーズの対象読者は当然小学生だと思うんですけれど、こういうヘヴィな題材でも児童向けに書かれていたんですね。

日部　そうですね。むしろ児童小説を書く時こそ、そうしたテーマに対する共感を持ってもらえるように描きました。例えば〈今日から死神やってみた！〉シリーズの二巻目は勉強がテーマでした。このシリーズについては、読者の対象年齢が小学校中高学年から中学校一～二年生のイメージですが、その年代の人たちが気になるのは、やはり勉強と友達との関係ですよね。そういう悩みを抱えている人たちが、自分の小説を読むことで共感してくれたり、目の前の問題に向き合おうとしてくれることを願いつつ、作品を書きました。それは宝島社文庫で刊行した二作も同じスタンスで、自分に近しい世代の人たちに刺さる作品を書こうという気持ちで執筆に臨んだんです。

若林さんは「生々しい」と表現していましたが、私自身としてはわざと刺激を強くして書いてやろう、なんて気はありませんでした。ごく自然に、学校のクラスにある光景を書こうと思っているだけです。クラスの中には派手で目立つ子もいれば、あまり目立たなくていじめられそうな雰囲気を持っている子もいる。そこにある軋轢《あつれき》が自然と滲《にじ》み出るような作品が書ければ良いなと思っていました。

児童向け小説における ミステリについて考えてみた

若林　〈今日から死神やってみた！〉シリーズを二つ続けて読んだのですが、これ相当にミステリの要素が濃いではありませんか。ずばり言ってしまうと、二作ともフーダニットの要素があるんですよ。これはもう、謎解きミステリの構造を意識して書かれたとしか思えないんですが。

日部　はい、仰る通りです。〈今日から死神やってみた!〉シリーズは題名の通り、死神をテーマにしたファンタジーを書きたいという欲求がまずあって書き始めた作品ではあるのですが、途中から「これ、ミステリの要素を入れたらもっと面白くなるのでは」と思い始めて、いわゆるフーダニットの趣向も混ぜ込んでみました。自分の好きなジャンルを掛け合わせてみたい、という気持ちがあったことはもちろん、あらゆるエンタメの要素を盛り込んだ小説にしてみたいという狙いもありました。

若林　このイベントを視聴している方には、おそらく濃いミステリファンが沢山いらっしゃると思いますので、その方たちに向けてネタばらしにひっかからない程度のギリギリを攻めて言いますと……二巻目の終盤あたりに、「犯人の見当は大体ついているんだけど、容疑者は鉄壁のアリバイに守られていて、それを崩さなければいけない」という、謎解きミステリの展開と似たようなことが書かれているんですよ。

日部　すごいたとえですね(笑)。

若林　いや、本気で「これは鮎川哲也の〈鬼貫《おにつら》警部《けいぶ》〉シリーズのような状況だよね」って思ってしまいました(笑)。だから日部さんは児童文庫においてもやっぱりミステリを書きたいんだ、って感じました。そこで気になるのは今後、日部さんが本格的に児童向けミステリのシリーズに取り組む予定はあるのかな、ということです。

日部　うーん……正直に言いますと、新たな探偵もののシリーズを児童文庫レーベルで始めるのは、けっこうハードルが高い気がしますね。

若林　えっ、そうなんですか。

日部　はい。理由は本格的な探偵ものと銘打っている児童文庫シリーズというのは、何年も続く定番のシリーズがすでにあるため、新たな書き手が新しいシリーズを出そうというのはそこまで活発ではないかな、という気がしています。例えば青い鳥文庫だったとしたら、はやみねかおるさんの〈夢水清志郎〉や〈怪盗クイーン〉、藤本《ふじもと》ひとみさんが原作を務める〈探偵《たんてい》チームKZ《カッズ》事件《じけん》ノート〉、松原秀行《まつばらひでゆき》さんの〈パソコン通信探偵団事件《つうしんたんていだんじけん》ノート〉シリーズ。こういう風に十年以上も続くシリーズが多い中で、新たなミステリシリーズの企画を立ち上げるのは実は狭き門だったりします。

　これは私が観察している範囲になりますが、どちらかといえば児童向け小説はファンタジーや恋愛ものの中にフーダニットの要素を盛り込んだ作品の方が多い気がしますね。

若林　そういうシリーズの中で、ミステリの要素があるものとして具体的にどんなものが挙げられますか？

日部　最近ですと青い鳥文庫の〈怪奇警察《かいきけいさつ》メイ☆カイ〉シリーズでしょうか。これは警察庁の一組織として「怪奇警察」という部署が設けられていて、そのメンバーが幽霊や妖怪と対決するというお話なんですが、怪異に関する謎解きが書かれている点においてミステリと呼べる作品ですね。

若林　ああ、なるほど。ホラーについては自分の世代でも〈学校《がっこう》の怪談《かいだん》〉シリーズがヒットして怪談がムーブメントになっていたので、ホラーとミステリの融合が児童にも支持される理由はなんとなく分かるんです。

でも、恋愛もののシリーズでミステリの要素があるのですか？

日部　例えば、角川つばさ文庫の〈いみちぇん！〉シリーズがそうですね。これは内容を一言で表すと「ラブコメ書道バトル」なんです。

若林　すごいジャンルだ。

日部　その中で対決すべき悪者がどこにいるのか、という〝悪者捜し〟の要素がミステリにおけるフーダニットの趣向と重なるんですよね。バトル要素があるラブコメは児童向けレーベルでもけっこう書かれていまして、その中にミステリの要素が強いものが多かったりします。

若林　ご自身で名探偵のシリーズキャラクターものも書きたい、という企画を児童文庫の編集に出したことはあるんですか？

日部　ないですね。先ほどもご説明した通り、定番の長寿シリーズが強すぎて……。だったら探偵を主役に据えた本格的なミステリを提案するより、ファンタジーやホラー、青春群像ものを基調としながらも、そこにミステリの要素を混ぜ込む形で書いた方が、今の児童文庫レーベルの読者に受け入れられやすい気がしています。

私の場合、ファンタジーを基本に物語を描くことの方が向いているという私の個人的なビジョンもあるので、もしミステリを児童向けレーベルで書きたいとなったらファンタジーとミステリの掛け合わせを考えますね。

若林　でも、逆にそういうジャンルの掛け合わせによって生まれた作品の方が、後々のミステリにとって良い作品が生まれる土壌になる気がします。掛け合わせによって新鮮なアイディアに満ちたミステリが書かれて、それを享受した若い読者が今度はミステリの書き手になって、新たな物語を生み出すという好循環に繫《つな》がれば良いな、と。

ちょっと話が変わるのですが、『パティシエ志望《しぼう》だったのに、シンデレラのいじわるな姉《あね》に生《う》まれ変《か》わってしまいました！』という作品も日部さんは児童向けレーベルで刊行されていますよね。これはタイトル通り、いわゆる異世界転生ものだと思うんですが、このサブジャンルはどちらかといえば、もう少し上の世代向けのライトノベルなどで流行《はや》っているものです。児童向けレーベルでも異世界転生ものの波が来ているんですか？

日部　いや、この作品はかなり特殊なケースだと思います。異世界転生や悪役令嬢ものは確かにライトノベルでは席巻しているジャンルだと思いますが、実は児童向けレーベルではあまり歓迎されていないように思います。

若林　なぜですか？

日部　転生するということは、主人公が一度死んでいるということだからです「児童は、自分の生きている世界で頑張っていくべきだ」というスタンスが児童向け小説の根幹にある以上、主人公が死んで生まれ変わるという設定自体があまり歓迎されないんです。

では、『パティシエ志望～』の企画がなぜ通ったのかというと、転生する対象が誰でも知っている童話のシンデレラの登場人物だったからだと思います。これが本当に悪役令嬢に生まれ変わるものだったら、難しかったでしょうね。

若林　ははあ。ということは、ライトノベルで書かれるような突飛な設定は逆に児童向けレーベルだと書きづらい状況なのでしょうか？

日部　そうですね。完全な異世界を舞台にした作品、というのはむしろ書きにくいんじゃないのかな。現実世界を舞台にしたファンタジーやホラーは、よく読まれています。逆に仮想空間を舞台にしたバトルものはシリーズとして書かれていて、人気を博しています。角川つばさ文庫で出ている〈オンライン！〉シリーズがそうですね。悪魔のゲームにアバターで参加するというデスゲームのような要素のある作品ですが、これは「現実世界にいる主人公がアバターで仮想空間に参加する」という形を取っているので、児童文庫レーベルのレギュレーション上はＯＫなんだと思います。

若林　うーむ、児童向けミステリの世界は奥が深いですね。

（二〇二二・三・二十　於／オンライン）

日部星花 | 著作リスト

ノンシリーズ

偽りの私達（宝島社文庫）

パティシエ志望だったのに、シンデレラのいじわるな姉に生まれ変わってしまいました！（小学館ジュニア文庫）

袋小路くんは今日もクローズドサークルにいる（宝島社文庫）

〈今日から死神やってみた〉シリーズ

今日から死神やってみた！ イケメンの言いなりにはなりません！（講談社青い鳥文庫）

今日から死神やってみた！ あなたの未練断ち切ります！（講談社青い鳥文庫）

日部星花（ひべ・せいか）

2001年、神奈川県生まれ。'19年、高校２年生の時に「DEATH★ガール！」で第２回青い鳥文庫小説賞金賞を受賞。同年、第17回「このミステリーがすごい！」大賞・隠し玉として『偽りの私達』（宝島社）を刊行し、高校３年生で小説家デビュー。このほかにも「ピアニスト・ウォーズ！」で角川つばさ文庫小説賞奨励賞を受賞している。

今村昌弘

IMAMURA MASAHIRO

「探偵役だろうと
犯人役だろうと、
そこは等しくフェアに
世界からもたらされた
ルールによって
生かされる物語を書いている
つもりです」

二〇一〇年代において最も話題を呼んだ新人のデビュー作は、と聞かれれば、おそらく大半のミステリファンは今村昌弘の『屍人荘の殺人』と答えるだろう。刊行した年のミステリランキングを総なめにし、本格ミステリ大賞を受賞するなど、まさに破竹の勢いであった。しかし、作者の今村本人は複数のインタビューでは「デビュー前はあまりミステリを読んでいなかった」ことを頻繁に述べている。その今村が、いかにしてミステリ小説の話題作を生むことが出来たのか。その秘密に迫るべく、読書遍歴のみならず読書環境もひもといてみた。

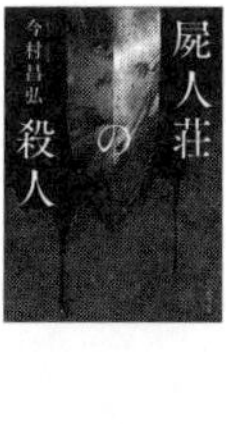

ミステリ＝オカルトだと思っていた

若林　今村《いまむら》さんは鮎川哲也《あゆかわてつや》賞受賞作の『屍人荘《しじんそう》の殺人《さつじん》』で各ミステリランキングを総ナメし、翌年の本格ミステリ大賞も受賞されるなど、破格の評価を受けてデビューされました。ただし「作家デビューする前はミステリをほとんど読んでいなかった」とインタビューでたびたび発言されています。「ミステリをほとんど読んでいなかった」と公言する方が、どうしてかくも謎解きミステリのコアな読者にも刺さる作品を書けるようになったのか、非常に興味があるんですよね。

ですから今回のイベントでは、今村さんの読書遍歴を中心にお話を伺いたいと思います。まず初めてミステリに触れたのはいつ頃のことなのでしょうか？

今村　小説で初めて触れたミステリ、ということであれば、小学生の時に図書室に通って読んでいた〈怪盗《かいとう》アルセーヌ・ルパン〉シリーズでしょうね。もちろん児童向けにリライトされたものですが、このシリーズを全部読みつくしてしまった後に「ルパンと同じように、超人的な活躍をする主人公が出てくる本は無いかな？」と思って、次に〈シャーロック・ホームズ〉シリーズに手を付けて読んだ、という流れですね。

いわゆる本格謎解きミステリと呼ばれる形式の物語については、やはり小説よりも漫画の方が先でしたね。当時は『金田一《きんだいち》少年《しょうねん》の事件簿《じけんぼ》』（講談社）がヒットして流行《はや》っていた時期だったので、ゴリゴリの謎解きミステリはそこから入っていった感じです。

若林　今村さんは一九八五年生まれで、私とほぼ同世代なんですよね。私も小学生時代、『金田一少年の事件簿』や『名探偵《めいたんてい》コナン』が映像化もされて、クラスの大半の子たちが推理漫画やアニメを観《み》ていたことを覚えています。私の場合は同時期にアガサ・クリスティの児童向け作品なども読み始めて、本格的にミステリに嵌《は》まっていきました。

ただ今村さんの場合は、例えばはやみねかおるさんといった児童向けミステリにも触れていなかったんですよね？

今村　そうですね、一、二冊は読んだ記憶はあるのですが、ほとんど読んでいなかったと思います。今考えると、『金田一少年の事件簿』など、あれほど本格謎解きミステリに属する物語が流行していた時期にも拘《かか》わらず、若林さんのようにミステリへどっぷり浸《つ》かる道に全く接点が無かったのは本当に不思議なんですよね。育った環境などにも依《よ》るのでしょうが、思い出す限りではミステリ小説に触れる機会というものが私の場合、少なかったように思われます。

若林　ミステリでなくとも小説自体は読んでいたんですよね？

今村　はい。読書量ということに関しては、他の友人たちと比べると本はかなり読んでいた方だとは思います。ただ当時はどちらかというとライトノベルが優勢の時代だったので、大人向けの一般小説ではなくライトノベルを専《もっぱ》ら読んでいた感じですね。

あとは自分が地方に住んでいて、近所にあまり品揃《ぞろ》えの良い本屋さんが無かったことも大きいかな、と。自分の周りの本屋さんはたいてい小規模で、大人向けの小説単行本はほとんど置いていない場合も多かったんですよ。置いてあったとしても安くて千円、ふつうは二千円近くする本ばかりで、お小遣いの少ない子供が買うにはちょっと高い。だから比較的安い文庫本のライトノベルを買う、という流れですね。

若林　さっきも少し話しましたが、『金田一』や『コナン』ってアニメ化や映画化もされていたので、映像作品からミステリに嵌まるというルートも十分にあったのではないかな、と思うんですが、そういった経由でもミステリには縁が無かったのでしょうか？

今村　無いですねえ。そもそもなぜ私が図書室に行って本を借りていたかというと、親がテレビを観させてくれなかったからなんです。昭和世代の教育方針と言いましょうか、テレビを観るのは教育に悪い、といったタイプで「晩御飯を食べたら、早く自分の部屋に帰って勉強をしなさい」という風に育てられたんです。

そうすると、自分が自由に出来る娯楽といえば小説を読むか、漫画を読むかに限られるわけです。当然お小遣いも少ないので、図書室で本を借りて読むか、限られた金額の中で漫画やライトノベルを買うか、ということになってくる。テレビゲームに関しても同じで、自分でお金をこつこつと貯《た》めて、携帯ゲーム機をこっそり買って隠れて楽しむ状態でした。

ですから自分でも驚くくらい、メディアで流行っているものに対して疎かったんです。ジャンプ漫画も『ワンピース』（集英社）をはじめ有名どころはほとんど読んでいませんし、〈エヴァンゲリオン〉も放映当時は家庭でアニメを観ることが出来なかったので、しばらくは詳しい内容を知りませんでした。

若林　〈新世代ミステリ作家探訪〉に登場してくれたゲストの皆さんは、漫画・アニメ・ゲームの原体験をけっこう語ってくれる方が多くて、「皆さん、やはりそういう文化を経由してミステリを書かれているんだな」と思っていました。今村さんは他の方と比べると、ちょっと独特なルートを辿《たど》っているのかも。

今村　どうなんでしょうね。そもそもコンテンツが増えすぎて、ある特定のジャンルに絞っても網羅することが出来なくなっている、というのも背景としてあるんじゃないかと思っています。アニメにせよゲームにせよ、自分一人ではすべてをカバーすることは出来ないので、それぞれコンテンツとの接し方を工夫することで多様化しているのかもしれません。

若林　ライトノベルをよく読まれていたというお話を伺って、ちょっと気になったのはライトノベルレーベル出身のミステリ作家さんの作品へ関心を持って読む、というルートは無かったのかな、ということです。例えば米澤《よねざわ》穂信《ほのぶ》さんや桜庭《さくらば》一樹《かずき》さん、乙一《おついち》さんなどの名前がパッと思い浮かんだのですが。

今村　うーん、そのルートもあまり無かったですね。というのも、私はライトノベルの中でもどちらかというとＳＦ色の強い作品が好みだったので、ライトノベルと隣接するミステリ作家さんに手を伸ばした、という記憶があまり無いんです。それこそ桜庭一樹さんの作風は、自分が当時好んでいたジャンルとは割と対極の位置にあったと思うので、だいぶ大人になってから読んだ感じですね。

乙一さんはミステリというより、どちらか

といえばホラーの人というイメージを抱いていました。だから『夏《なつ》と花火《はなび》と私《わたし》の死体《したい》』(集英社文庫)などのホラー作品についてはよく読んでいたんですけれど、『GOTH』(角川文庫)については桜庭さんと同様、かなり後々になってから手に取った形になります。あ、小説よりも先にコミカライズを買って読んだかも。

米澤さんの『氷菓《ひょうか》』(角川文庫)は最初から文庫本だったので、これについては買って読みましたね。〈古典部《こてんぶ》〉シリーズについてはいわゆる〝ジャケ買い〟で惚《ほ》れ込み、シリーズをすべて読破しました。でも『さよなら妖《よう》精《せい》』(創元推理文庫)が単行本で刊行された時は、逆に買いづらかったです。近所の本屋さんを何件か探しても無くて、やっと見つけても子供の自分にとっては高い金額で。いや、デビューさせてもらった東京創元社には悪いんですけれど、あの時は大変でしたと言わせてもらいます(笑)。

真面目な話、ジャンルが云々《うんぬん》以前に、地方在住者の場合は本当に本が見つけにくいという環境が読書習慣を左右しているな、と強く感じています。話題の新刊書がきちんと入荷している本屋さんも実は少ないですし、探しても自分の求める本が見つからないということもしょっちゅうありました。

それに加えて、特に若い人にとって相対的に本の値段が高くなっている気がしています。私が子供の頃でも、単行本の価格が二千円近くするのは「ちょっと高いよね」と感じていたわけですから、経済状態が悪化している今だったら一層強く感じている人は大勢いると思います。だからこそ書き手としては、読者に楽しんでもらえるような一冊を書かなくてはいけない、と気が引き締まる思いですが。

若林　西尾維新《にしおいしん》さんなどは読まれていなかったんですか？

今村　読んでいなかったんですよ。名前は当然知っていましたし、アニメやライトノベルが好きな大学時代の友人が読んでいたので認識はしていました。だけれども、イメージとしてはキャラクター性の強い小説を書く人である、という感じで、ミステリの要素がある作品も書いているという印象は無かったんです。

西尾さんに限らず、メフィスト賞を受賞した作家さんの作品についても、ほとんど接することが無かったと思います。よく「今村さんの世代ですと、メフィスト系の作家さんはよく読んでいたんでしょ？」みたいに聞かれることが多いんですけれど、残念ながらほとんど読んだ記憶が無いんです。これも地方事情の話になってしまうようで恐縮ですが、そもそも本屋さんで手に取ったことが無いんです。

若林　なるほど、お話を伺えば伺うほど、ミステリの門戸は開かれているようでいて、実は固く閉ざされていた部分もまだまだ多かったのだな、と思い始めてきました。

今村　もちろん、それには自分自身、ミステリというものの正体がよく分かっていなかったということもあると思います。プロの作家になりたくて、創作の修業を始めた時にようやく「そもそもミステリとは何だろうか？」と勉強し始めたようなものなので。それまではミステリってオカルトと同義語だったんですよ、自分の中では。

若林　えっ？　でも『金田一』や『コナン』を

読んでいて、ミステリは「名探偵が謎解きを行う物語」くらいには認識していたんじゃないんですか？

今村　いや、怪人と呼ばれるキャラクターが出てくるじゃないですか。『金田一少年の事件簿』も『名探偵コナン』も。だから、そういうオカルトの文脈で〝ミステリ〟という言葉が使われているのかな、って捉えていました。

若林　そういう捉え方もあるのか……。クローズドサークルや見立て殺人などのガジェットの観点からも、容疑者リストの中から「犯人は誰だ？」と問いかける形式の観点からも、『金田一少年の事件簿』はミステリの様式美を知る入門書になっているものだと私は思っていたのですが、そうではない見方も出来るんだ。でもこれは、自分がミステリというジャンルに浸かり過ぎているから見えてこなかったものなのかな。

今村　テレビ番組の『世界ふしぎ発見！』も〝エジプトのミステリ〟って使っているじゃないですか。自分は割と心霊現象などのオカルトは大好きだったんですよ。そういう番組や雑誌の特集などでも〝ミステリ〟という単語がよく使われていたので、てっきり怪奇もののことをミステリって言うんだろうな、とずっと思っていましたよ。

三雲岳斗《みくもがくと》と虚淵玄《うろぶちげん》

若林　今村さんは複数のインタビューで影響を受けた作家さんのお名前として三雲岳斗さんを挙げていらっしゃいます。私が司会を務めた「小説現代《しょうせつげんだい》」掲載の「特殊設定ミステリ座談会」でも、三雲さんの作品を最初に読んだ特殊設定ミステリとして紹介していましたよね。実際に三雲さんの作品を読み始めたのは、いつ頃のことでしょうか？

今村　中学生の時ですね。初めて読んだ三雲さんの作品は『アース・リバース』という角川スニーカー文庫で出ていた作品です。次に読んだのは『コールド・ゲヘナ』（電撃文庫）。先ほどもちらっと話しましたが、私はミステリよりもＳＦの方が好きだったんですけれど、正確に言うとロボットＳＦなんですよ、好んで読んでいたのは。テレビゲームをあまりプレイさせてもらえなかったといいましたが、そんな中でも〈スーパーロボット大戦《たいせん》〉シリーズは好きだったし、とにかくロボットの出てくる物語に惹《ひ》かれていた時期がありました。その延長線上にライトノベルでもロボットＳＦを好んで買うようになって、その中に三雲さんの作品が入っていた、というのが三雲作品を手に取ったきっかけですね。

若林　ミステリ読者からすると、例えば『海底《かいてい》密室《みっしつ》』（徳間文庫）とか『ワイヤレスハートチャイルド』（徳間デュアル文庫）、あるいは一般向けレーベルですが『少女《しょうじょ》ノイズ』（光文社文庫）といった作品からミステリに目覚めるコースもあるのかな、と思ったんですが、そちらの系統の作品はあまり読んでいなかったんでしょうか？

今村　いや、もちろん読んでいましたよ。ただ当時は「三雲さんは、こういう作品も書くんだ」という驚きの方がどちらかといえば大きくて、そこから別のミステリ小説を読んでみようという気にはなりませんでしたね。『海底密室』や『ワイヤレスハートチャイルド』などもそうですが、正直に言って謎解きの出来不出来については当時そこまで関心がなかったんです。それよりも私が惹き込まれたのは世界観の作り込みですね。ロボットＳＦものにせよ、『海底密室』などのミステリ要素がある作品にせよ、どちらも物語を支える世界設定が非常に魅力的です。壮大な設定をここまで緻密に作り上げて見せる手腕に惚れ込んだので、やはり嗜好《しこう》としてはＳＦの方に向いていたと思います。

若林　ただ、ミステリを書く手付きは三雲さんから学んだ部分は多いのではないでしょうか。例えば『海底密室』などもハウダニットを解く前提として、「なぜ、そのようなことが起こらねばならなかったのか」というホワイダニットを解明することが必要になっている。今村さんの〈剣崎比留子《けんざきひるこ》〉シリーズでも同じような趣向が使われていて、やはり範とするところは多かったのではないかと。

今村　はい、それはもう、自分の知らないところで非常に影響は受けていると思います。若林さんが指摘したような謎解きの構築以外にも、自身で思っているところとしては文章の作り方ですね。例えば男女が会話する場面でも、初期の三雲作品は何というか、そんなにベタベタしたものは無いんですよ。ボーイミーツガールの要素が入っている作品もあるのですが、だからといってストレートに恋愛要素を描くことは無く、割とドライな会話からお互いの感情の変化を表したりすることが多くて。そういう部分に〈剣崎比留子〉シリーズは影響を受けているのではないかと思います。

若林　三雲さんの他にもう一人、虚淵玄さんのお名前を、影響を受けた作家さんとして挙げることが多いですね。虚淵さんの作品に触れたのはいつ頃のことでしょうか？

今村　虚淵さんはニトロプラスという会社が制作しているノベルゲームのシナリオライターとして活躍していましたが、その仕事の中に「ファントム」という作品があります。このゲームのノベライズを読んだのが最初のきっかけですね。本屋さんに並んでいて、表紙が非常に素敵だったので買って読んでみたところ、これがめっぽう面白い。それであとがきを読んでみると、十八歳未満プレイ禁止のノベルゲームが原作であることを知って、「そういう世界があるのか！」と。でも小説自体はいわゆるノワール小説に近いものだったので、あまり美少女ゲームが原作であることなどは考えずに楽しめたんです。

若林　ノベルゲームも実際プレイしてみたんですか？

今村　はい、やはりノベルゲームも小説と近い部分があるので、文章表現などを興味深く鑑賞しながらプレイしていました。それまで自分が抱いていたパソコンゲームのイメージとは違うもので「こういうゲームの楽しみ方が今は出来るのか」と思い、ちょうど大学に入るくらいの時期で自分専用のパソコンも所持していたので、どんどんプレイしていった感じです。

若林　ちょっと疑問に思ったのが、虚淵さんの作品は今村さんが仰《おつしや》ったように、本格謎解きミステリよりもノワールや犯罪小説に近いものの方が多い気がするんですよね。虚淵さんの作品からの影響が、後の今村さんが書くミステリにどう反映されているのかが興味深いです。

今村　確かに同じパソコンのノベルゲームでも、TYPE-MOONの奈須《なす》きのこさんが書かれた作品の方が、どちらかといえばミステリに近い作風で、虚淵さんの作品は一見するとミステリからやや離れている気もします。ただ、私が影響を受けたのは、そういう表面的なジャンル形式の相同性ではないと思います。

若林　具体的にはどういうことでしょうか？

今村　虚淵さんの作品では、定められた世界のルールが作中のどのキャラクターに対しても徹底的にフェアに働くという点ですね。決して主人公だけを特別扱いせずに、「こういう行動を取ったら、結果としてこういう報いを受けるよね」という風に、作者が決めた強固な世界観の中に縛られて登場人物たちが動き回っているんですよ。しかも、登場人物たちもそういう運命を受け入れている面がある。ちょっと恰好《かっこう》つけた言い方になってしまいますが、「世界に愛されているわけではない主人公たちを描いている」点が、虚淵作品で一番好きな部分ではないかと、自分では思っています。

若林　ある一つの世界に閉じ込められて、何だか分からないけど理不尽にルールを押し付けられて、その中で戦わざるを得ない。ああ、これってつまりクローズドサークルにおける謎解きの精神に近いものがあるんですね。虚淵さんの中にあるノワールの精神が、実は謎解きミステリとも親和性があったのだということも言えるな。

今村　まさしく。先ほど私が言った「登場人物たちが世界に愛されているわけではない」というのは、『屍人荘の殺人』をはじめとする〈剣崎比留子〉シリーズにも表れていると思います。

　謎解きミステリを読んでいると、「なぜ探偵は自分だけ安全圏にいるかのように振る舞うことが出来るのか」という疑問にぶち当たることがあります。そりゃ確かにあなたは犯人を捜す役割を与えられて物語に登場しているんだろうけど、でもあなたのすぐ傍でも殺人事件が起こって、殺人鬼が隣にいるかもしれないんだよ。そんな時に自分だけは悠長に推理を披露できる自信なんてありますか、という突っ込みをどうしてもしたくなってしまうんです。

　だから、〈剣崎比留子〉シリーズは、探偵役たちを安全圏には置かない、という自分なりの制限を厳しく課した上で書いている作品なんです。探偵役だろうと犯人役だろうと、そこは等しくフェアに世界からもたらされたルールによって生かされる物語を書いているつもりです。

探偵とワトスンの関係は「反復」させたい

若林　探偵役の話が出たところで、ちょっと気になっていたことをお聞きしたいです。以前、有栖川有栖《ありすがわありす》さん・綾辻行人《あやつじゆきと》さんと今村さんで鼎談《ていだん》を行った模様が東京創元社の『紙魚《しみ》の手《て》帖《ちょう》』に収められていたんです。その中で今村さんは、〈剣崎比留子〉シリーズの探偵役とワトスン役のコンビを「三作目あたりで落ち着かせたかった」と発言しておられて、そこに有栖川さんはビビッと反応していたんですよね。「やっぱりミステリにおける探偵役とワトスン役は、ウルトラマンじゃないけれど反復して登場させたい」と。それに対して今村さんはやや曖昧な返事をしていて、少し引っかかったんですよね。ミステリの探偵役とワトスン役について、今村さんがどのように捉えているのか、もう少し突っ込んでお話を伺いたく。

今村　そうですね……。探偵とワトスンの関係については、有栖川さんが仰ったように、反復をさせたいという気持ちは強いんです。つまり、どこにいっても探偵役とワトスン役がペアになって現れる、という根幹の部分は揺らいで欲しくない、という思いがある。ですが、例えば職業探偵や警察官が主人公だったら、あまり変化を気にせず不変的に登場し続けることは出来るのかな、と思いつつ、〈剣崎比留子〉シリーズはそれが成立しにくい書き方を最初にしてしまったよな、と思っているんです。

若林　なぜでしょうか？

今村　探偵役とワトスン役のコンビを男女ペアにしてしまったこともありますが、やはり大きいのは明智《あけち》恭介《きょうすけ》というキャラクターを作ってしまったことですね。彼の存在によって、剣崎比留子とワトスン役の葉村《はむら》譲《ゆずる》の関係性において、二巻目以降で片づけなければならない事情が多くなってしまったのが、私の中でかなり悩ましいことだったんです。

そのため三作目の『兇人邸《きょうじんてい》の殺人《さつじん》』では、これまで二転三転していた二人の関係性を一旦整理して、有栖川さんのいう「反復」を行えるようにしたんです。

若林　今、その話を聞いて納得がいったのは、『兇人邸の殺人』の中で安楽椅子探偵論がなぜ展開されていたのか、ということです。これは書評でも「ミステリの技巧に関する議論が書かれている点も、この作品の美点だ」と書いたんですが、ある意味で唐突な印象もあったんですよね。ただ、それはジャンル論をぶつけたいのではなく、剣崎比留子と葉村の関係を前進させる上で、安楽椅子探偵というミステリの趣向を重ねる必要があったのだということに気が付きました。

今村　『兇人邸の殺人』を書いている最中にずっと心に抱いていたのはワトスン役としての葉村の存在なんです。「葉村、お前には何が出来るんだ」「お前はなぜ、比留子にくっついているんだ。メリットがあるのか」という問いかけをずっと自分の中で続けていたんです。そういうことを突き詰めた結果、先ほど若林さんが指摘してくれたような安楽椅子探偵ものの変奏版をやってみたり、あるいは終盤における剣崎と葉村の関係性が浮かんできたんです。ワトスンが「君を信じるよ」みたいな形で名探偵に追従するだけではいけないと思うんです。精神的な信頼だけではない、具体的な形での連携プレイを描いてコンビとしての存在を安定させようと思ったのが『兇人邸の殺人』でした。そういう意味では、探偵とワトスンの役割というところにはかなり拘《こだわ》っているのだと思います。

若林　剣崎と葉村の関係については、ライトノベルにおけるボーイミーツガールものや青春ものにも当てはまるところが多いのではないかと。女の子が世界の危機レベルの重たいものを背負わされている傍らに男の子が寄り添うという構図が、実は最もライトノベルからの影響を受けた部分ではないでしょうか。

今村　たぶん、非常に影響は受けていますね。〈涼宮《すずみや》ハルヒ〉シリーズのキョンにしろ、秋《あき》山瑞人《やまみずひと》さんの『イリヤの空、ＵＦＯの夏《なつ》』（電撃文庫）の浅羽直之《あさばなおゆき》にせよ、いわゆる〝セカイ系〟と呼ばれる作品群で特徴的なのは、主人公の男の子はどちらかというと凡人だということじゃないですか。何か特別な力を持った女の子に対して、男の子がどのように寄り添っていけるのか、といった類いの作品を好きで読んできたので、もう自然と沁《し》みついてしまっているところは多いと思います。

ただし、じゃあキャラクターを前面に押し出して書くことに拘っているのかというと、実はそうでもない気がします。ここでいう「前面に押し出す」というのは、過剰なキャラ付けを行ったり、キャラ付けを基にしたエピソードで読者の気を惹こうとしたりすることです。

どちらかといえば私は先ほども申し上げた通り、やはり三雲岳斗さんの影響が大きいので、登場人物たちを必要以上にベタベタさせる書き方をしない方が小説にとって美しいと考えているタイプなんです。ですからキャラ萌《も》えに走って読ませるより、登場人物たちの関係性の変化を、時間をかけてじっくり読ませた方が良いのではと思っています。

若林　あまり自分の創造したキャラクターに溺れず、登場人物同士の関係性がグラデーションをなすかの如《ごと》く変化していく様を表現することに力を入れる、ということは以前、当イベントシリーズに出ていただいた青崎有吾《あおさきゆうご》さんや櫻田智也《さくらだともや》さんも仰っていました。

今村　いわゆる〝キャラミス〟のようなものは、あまり自分には向いていない気もするんですよね。もちろん、小説の登場人物についてとことんキャラクターを飾り付けた方が楽しめる、それこそ〝キャラ萌《も》え〟で小説を読むというニーズがあることは重々承知しています。
ただ、個人的にはあまりキャラを飾り付けすぎると、何だか作者が必要以上に顔を出しているような気がして、あまり良い気がしないんですよね。

若林　「顔を出す」というのは、具体的に言うと？

今村　『屍人荘の殺人』を刊行した時に、姉から「知り合いから『弟さんの小説を読ませていただいたのですが、ああいう女の子が弟さんのタイプなんでしょうか』という風に言われたんだけど」って連絡が来たんです。女の子とは当然、剣崎比留子のことなんですが、いやいや、別に作者の実際の好みを反映しているわけではないです、と（笑）。
まあ、それはともかく過剰なキャラ付けを行うことについては、ちょっと抵抗があるんですよね。

若林　いわゆる〝キャラミス〟と呼ばれる作品は、二〇一〇年代に入って増えた印象はありますが、ある意味で飽和状態を迎えている状況ですよね。いっぽうで先ほどの青崎さんや櫻田さんのスタンスなどを踏まえると、謎解きミステリで活躍する新進から中堅の作家には、過剰なキャラ付けとは違う形で描こうとする作家さんの方が多いかもしれません。

今村　〝キャラミス〟を書ける人は、キャラクターの造形と物語のバランスを上手《うま》く取ることが出来て、それこそ定番の人気シリーズのようなものを生み出せると思うんですよ。でも「キャラが立っているミステリが流行っているから自分も書こう」みたいな何となくの気持ちで参入するのは難しいですよね。「何となく」で書いたものは読者には直《す》ぐに分かっちゃうから「こういうのは違うんだよなあ」との感想を抱いて、ジャンルそのものから離れて行ってしまう恐れがある。そうなれば自然と広まったものが、すぐに終息してしまうでしょう。これは最近ホットワードにもなっている特殊設定ミステリについても同じで、何かのキーワードが拡散された途端、安易に乗っかっちゃうのは逆にジャンルが萎《しぼ》む要因になるんじゃないかと思います。この点については、本当に気を付けながら小説を書いていきたいですね。

（二〇二二・五・八　於／オンライン）

今村昌弘｜著作リスト

〈屍人荘の殺人〉シリーズ

屍人荘の殺人（東京創元社・創元推理文庫）
魔眼の匣の殺人（東京創元社・創元推理文庫）
兇人邸の殺人（東京創元社）

ノンシリーズ

でぃすぺる（文藝春秋）

アンソロジー（書下ろし）

Jミステリー2022 SPRING（光文社文庫）

その他

ネメシスⅠ（講談社タイガ）

今村昌弘（いまむら・まさひろ）

1985年、長崎県生まれ。2017年、『屍人荘の殺人』で第27回鮎川哲也賞を受賞しデビュー。同作は第18回本格ミステリ大賞を受賞し、'18年には神木隆之介主演で映画化する。小説のほかにも、テレビドラマ『ネメシス』で脚本協力とトリック監修を務めている。

海外の新世代作家も探訪したい

デビュー十年以内の海外作家にインタビューする『新世代ミステリ作家探訪　海外編』の企画がもしあったら、という想像をしてみます。例えば『イヴリン嬢は七回殺される』(文春文庫、三角和代訳)のスチュアート・タートンに、SFの要素と謎解きを組み合わせた背景を聞いてみるのはどうだろうか。他にもジョセフ・ノックスにノワールと謎解きの融合をテーマに話してもらったり、ピーター・スワンソンに好きな古典ミステリのタイトルを思いつく限り喋《しゃべ》ってもらったり。海の向こうにもお話を伺いたい新進作家が大勢います。

紺野天龍

KONNO TENRYU

「かつて『虚構推理』が
私を救ってくれたように、
人を幸せにするエンタメ小説の
書き手になれれば
良いと思っています」

「人を幸せにするエンタメ小説が書きたい」と語った作家がいた。紺野天龍。ライトノベルレーベルでデビューした後、〈錬金術師〉シリーズや『シンデレラ城の殺人』といったミステリで謎解きの技巧が光る作品を発表し、紺野はミステリファンの支持を急速に集めた。彗星のごとくミステリ界に現れたかのように思えた紺野だが、そのルーツには「自分を救ってくれたミステリ」への憧れ、そして二〇一〇年代前半における世相が大きく関係していた。

海外古典から始まったミステリ読書

若林　紺野《こんの》さんはデビュー作はライトノベルレーベルで、のちに本格謎解きミステリを書いてミステリ読者に認知されるようになりました。そもそもミステリはいつ頃から読まれていたんでしょうか？

紺野　中学一年生の頃に、アガサ・クリスティの『そして誰《だれ》もいなくなった』を読んだのが最初のミステリ体験でした。今から考えると、あの作品はミステリとして、かなり特殊なタイプですよね。

若林　うん？　特殊ですか？

紺野　いわゆる、探偵がみんなを集めて「さて」といい、といった類いの謎解きを行うフォーマットの小説ではなくて、登場人物がバンバン死んでいくホラーに近いタイプの作品だなって当時は思ったんです。

若林　ああ、なるほど。作品を読むまで紺野さんの中ではミステリ＝謎解きだったので、『そして誰もいなくなった』のようなスリラーを読んでジャンルに対する印象が違うと感じたわけですか。

紺野　そうです。だから『そして〜』を読んで、ミステリというものが結局どういう小説なのか、ちょっと分からなくなっちゃったんですね。ただ、すごく怖いんだけれど、ついつい目が離せなくて最後まで読んでしまう。そもそも私は本を読むのが苦手で、大人向けの小説はおろか絵本や児童書もほとんど読んだことが無かったんですよ。そこで『そして〜』を読んで、「ああ、小説って、こんなに夢中になれるものなのか」と初めて感じたんです。

その後、クリスティはもちろん、エラリー・クイーンなどの古典作家を追っかけて読み始めたんです。これが本格的にミステリに嵌《は》まるきっかけですね。

若林　どちらかといえば、『そして〜』のような読者をハラハラさせる技法を使ったスリラーからミステリに興味を持ち始めたんですね。でもその後はクイーンと、ここは割とオーソドックスな犯人当て小説の古典を好んで読まれるようになったと？

紺野　両親がクイーンやクリスティといった海外作家の古典作品を家に置いていたので、その影響で読んだんです。クイーンを好きになったきっかけは、『そして〜』の次に読んだ〈悲劇四部作〉です。あれを読んだ時は、非常に衝撃を受けましたね。こういうものが世の中にあるのか、と。先ほど読書はあまり好きでなかったことは話しましたが、いっぽうでクイズだったりマジックだったり、謎解きと何かしら親和性の高いものは好きだったんです。だから〈悲劇四部作〉を最初に読んだ時は、自分の知っているクイズやパズルに近いことを小説の形で表現しているものがあるんだ、という感動を覚えたんです。そこから、いわゆる謎解き小説が好きになっていった感じですね。

若林　国内のミステリは読んでいなかったのですか？

紺野　実を言うと、中学時代は海外古典作品ほど熱心に読んでいませんでした。そもそもの読書量が少なかったというのもあるんですが、それ以上に当時は「海外の小説を読んでいるのは恰好《かっこう》良いぜ」みたいな感覚がありまして……。

若林　失礼ながら〝中二病〟という単語を久しぶりに思い出してしまいました（笑）。「洋楽を聴いている俺かっこいい」という、あの感じですね。

紺野　はい、まさしくそれです（笑）。ただ、実際に海外古典を読んでいるだけでも十分に楽しかったし、そもそも押さえておきたい名作は沢山あったので、もう海外ミステリを追っかけるだけでも充足していた感じでした。

　国内作品については、綾辻行人《あやつじゆきと》さん以降に登場したいわゆる新本格で初めて読んだのは、有栖川有栖《ありすがわありす》さんの『孤島《ことう》パズル』（創元推理文庫）。でもこの作品も、当初はミステリだと認識せずに手に取ったんです。

若林　えっ、じゃあ、どんなジャンルの本だと思っていたんですか？

紺野　タイトルにパズルと書いてあったので、ずばりパズルの問題を集めた本なのかな、と。今考えると非常にお恥ずかしい話ではあるのですが……。ただ、本当にタイトルと表紙の恰好良さで選んだら、それこそ自分が好きで読んでいたエラリー・クイーンスタイルそのものだったので、「国内にもこんな面白い謎解き小説があるのか！」と感動しまして、そこから国内ミステリも読み始めました。

若林　紺野さんはライトノベルを執筆されますが、読者としてライトノベルを読み始めたのはいつ頃のことでしょうか？

紺野　高校生の頃ですかね。〈スレイヤーズ〉や〈魔術士《まじゅつし》オーフェン〉、〈フルメタル・パニック！〉など、富士見ファンタジア文庫の定番人気シリーズを追っかけていて、それを読むのに必死で他のレーベル作品はほとんど手を付けられていない状態でした。ただ、読み漁《あさ》っていたその頃に富士見ミステリー文庫が刊行されていて、それを読んでいましたので、ミステリ寄りのライトノベルは結構読んでいましたね。ライトノベル読みとしては割と雑食のタイプでラブコメからバトルものまで何でも読んでいた方だとは思いますが、その中でミステリも読んでいた感じです。

若林　海外古典から入って、国内の新本格やライトノベルまで読むあたり、大学のミステリ研究会に所属している人たちと似たような読書傾向だったのかな、と思うんですが、サークルは文芸系の団体では無かったんですよね。

紺野　そうですね、大学の頃は演劇をやっていたので、いわゆる小説系のサークルには全く縁が無かったです。演劇サークルでは脚本を書いていました。

若林　その脚本はミステリ劇だったのですか？

紺野　いえ、ミステリではありませんでした。所属していた劇団が、人数が少なくてお金も無かったので、キャストにも舞台装置にも制約がある中で面白い脚本を書かないといけない状況だったんです。ですから例えばラーメンズのコントのように、ほとんどセットが無くても会話のみで展開を進めることが出来る劇を書いていたんです。覚えているのは、万引きで捕まった学生と店員さんのやり取りで、一見どう考えても学生の方が悪いんですけど、会話を続けていくうちにどんどん立場が逆転していくという……。

若林　でもそれって、ミステリとして鑑賞できませんか？

紺野　ああ、言われてみればそうかも……。会話劇のオチは最後に当然付くんですが、それが真相が最後に明かされるミステリの構造になっていたかもしれません。

城平《しろだいら》京《きょう》との出会いが、小説家への道に繋《つな》がった

若林　大学で劇の脚本を書いていたとのことですが、小説を書き始めたのはいつ頃のことなのでしょうか？

紺野　高校一年生の冬ですね。直接のきっかけとなったのは『小説　スパイラル〜推理《すいり》の絆《きずな》〜』という推理漫画のノベライズを読んだ時ですね。

若林　のちに『虚構推理』（講談社タイガ）で本格ミステリ大賞を受賞される、城平京さんが原作を務めた漫画ですね。

紺野　はい。その『スパイラル』のノベライズは城平さんご自身が執筆されていたんですが、これがもう面白くて堪らない。

最初に読んだのがノベライズの第一弾である『ソードマスターの犯罪《はんざい》』（スクウェア・エニックス）なのですが、本格謎解きとして濃密なんですよ。主人公の少年が、剣の達人と木刀で試合をするシーンが作中にあるのですが、主人公は剣道の経験がない上に防具をつけていない状態なんです。打たれたらケガどころでは済みませんよね。さらに対戦相手は、ある犯罪の容疑者であり、主人公は試合に勝つことでその罪を暴こうとするんです。でも主人公側にも勝機はあって、面・小手・突き・右胴・左胴のうち、達人がどこを攻めてくるのかを推理して攻撃を避けた隙を突けば勝てるだろうと。しかも、その推理が、犯罪証明の手掛かりにまで繋がるわけなんです。

ちょっとややこしい説明になってしまい恐縮ですが、よくギャンブル漫画やデスゲーム漫画で描かれる頭脳戦がありますよね。あれ

を探偵が犯人を捕まえるための手掛かりを得るための手段として盛り込んで、かつ本格謎解きとしても論理的に余詰めを排す形で描くという、かなりの離れ業をやってのけているんですよ、このノベライズは。その後に刊行された第二作『鋼鉄番長《こうてつばんちょう》の密室《みっしつ》』（スクウェア・エニックス）も滅茶苦茶面白くて、「よし、じゃあ自分でもミステリを書いてみよう」と思った次第です。

若林　では、いわゆる謎・論理・解決の形式に則《のっと》ったスクウェアな謎解きミステリではなく、頭脳戦というか知恵比べのような要素が込められた作品を自分でも書いてみた、ということなのでしょうか？

紺野　いや、自身で書いたものについては、いわゆるオーソドックスな謎解きものですね。ただし、殺人事件の謎を解く類いのお話はあまり書かなかったかもしれません。

若林　〝日常の謎〟タイプの作品を書いていたのですか？

紺野　〝日常の謎〟というより、〝人の死なない謎解きミステリ〟と言った方がよいかもしれませんね。ちょうどその頃、はやみねかおるさんの〈夢水清志郎《ゆめみずきよしろう》〉シリーズに『スパイラル』のノベライズと一緒に嵌まっていたんです。〈夢水清志郎〉シリーズは、基本的に誰かが死んだりすることがない謎を扱っていますよね。しかも最後にはハッピーな形で物語の幕が下りる。あれに感銘を受けて、自分でも平和な謎解き物語を書いてみようと思ったんです。

もっとも、この頃は作品が出来上がっても親しい友達に見せる程度で、新人賞に応募することはありませんでしたが。

若林　実際に新人賞へ応募し始めたのはいつ頃

ですか？

紺野　二〇一二年に講談社のメフィスト賞に応募したのが初めてです。それが二〇二二年六月に刊行した『神薙《かんなぎ》虚無《うろむ》最後《さいご》の事件《じけん》』の原型となる作品です。実は書き上げてから一年くらい寝かせていた作品でした。自分としては渾身《こんしん》の出来だったのですが、読んでくれた友達の評価はあまり芳《かんば》しいものではなかったのです。ただメフィスト賞は編集者の座談会という形で選評をいただけるのが嬉《うれ》しく、ぜひ送ってみようと思いました。そこからメフィスト賞にはずっと応募していたんですが、なかなかデビュー出来ず「もしかしたら自分にはミステリを書く才能が無いのかもしれない」と思い始めたんです。そこで、他のミステリ新人賞に送ってみようということで、宝島社の『このミステリーがすごい！』大賞にも送りました。そちらでもありがたいコメントをいただいたのですが、やはり受賞までには至らず、「これはいよいよミステリを書くのは諦めた方が良いな」と思って、そこで一旦ミステリから離れたんです。

若林　なるほど、そういういきさつがあったのでライトノベルの新人賞に送ってみたんですね。

紺野　そうですね。でも、もともとミステリに拘《こだわ》るというより、もっと広くエンタメ小説を書きたいという思いの方が強かったので、切り替えること自体には別に抵抗はありませんでした。そもそもメフィスト賞も、確かに本格ミステリのイメージも強いですが、エンタメ小説全般を扱う賞じゃないですか。『このミステリーがすごい！』大賞も、別に謎解き小説に限らないし、むしろ広義のエンタメに入る作品の方が多い気がします。ミステリに拘らないんだったら、もう振り切って別ジャンルの賞に応募してみようと。そこで自分としてはミステリ以外にはやはり〝キャラ萌《も》え〟要素のあるライトノベルに親しんできた経緯もあるので、電撃小説大賞に応募してみようと思いました。ライトノベルであれば様々なジャンルに挑戦することも出来ますので。

若林　それで電撃大賞に応募された「ウィアドの戦術師《せんじゅつし》」を改稿・改題のもと出版されたデビュー作が『ゼロの戦術師《せんじゅつし》』（電撃文庫）ですね。この作品は、いわゆるバトルもののファンタジー、敢《あ》えてミステリのサブジャンルに寄せてみれば冒険小説に近いものがあると言えますかね。主人公たちがあるミッションを課されて、女の子を目的地まで送り届けるという、冒険小説の基本骨法が使われている。そこに上手《うま》くボーイミーツガールの要素を絡めながら描いている作品です。

ただ、この作品の中盤に謎解きの要素が入っていますよね。ここでいう〝謎解き〟とは単なる謎かけではなく、論理的な根拠に基づいて推理を進めて行動するという骨法が使われているという意味です。このあたりは、やはり謎解き小説を念頭に置いていなければ書けないと思うのですが。

紺野　もちろん、それは意識していました。ミステリ作家としてデビューすることは一旦諦めたとはいえ、やっぱりミステリのことは好きだったので。それに謎解きミステリにおける技巧というものは、いかなる物語でも応用が利くものだと私は捉えています。それはライトノベルの分野においても、あらゆる形で活用することが可能であると思っていますね。例えばアニメ化もされた人気作品で『とある魔術《まじゅつ》の禁書目録《インデックス》』（電撃文庫）がありますよね。あれは基本的にSFやファンタジーを土台にしたバトルアクションとして認知されていると思いますが、実はミステリの構造で作られていると、私自身は勝手に思っているんです。魔術や科学によって作られた「不可能状況」がまず前提にあり、それをどうやって解決していくのかということを焦点にして進行するのであれば、それは立派なミステリ小説であると言えるのではないでしょうか。

若林　私が『ゼロの戦術師』で一番面白いと感じたのは、謎解き部分におけるフェアプレイというか、考えれば読者でも解けるように作られている点ですね。一見ファンタジー世界の中の出来事なので、不思議なことが起こっても超常現象や魔法に絡めて説明可能ですが、この謎解き部分については現実世界の出来事としても成立可能な話になっている。これは『シンデレラ城《じょう》の殺人《さつじん》』（小学館）の時も感じた、特殊な設定に寄りかかり過ぎない書き方が出来るということかと。

紺野　そうですね。自分でもまだ上手く言語化できないのですが、特殊設定を謎解きミステリに盛り込むと、どうしてもそこだけに目が行きがちになってしまう。そうではなくて特殊設定の魅力自体で興味を惹《ひ》きつつも、ときにはミスディレクションとして使いながら、現実に立脚したロジカルな推理を描くことが出来ればよいかな、と思っています。

若林　ちなみに『ゼロの戦術師』を書いた時に、担当編集から「ミステリを書きたいのではありませんか？」と言われたことはありますか？

紺野　ありました。実のところ、電撃小説大賞に応募した際は二作品を送っていて、どちらも三次選考を通過しているんですよ。片方がファンタジー小説である「ウィアドの戦術師」で、もう片方がミステリ寄りの話だったんです。私は大賞を受賞していませんが、いわゆる〝拾い上げ〟という形でデビューが決まったので、編集担当の方からは「応募してきた作品、どちらか好きな方を選んで出版できますよ」と言われたんです。

ただ、電撃文庫には久住四季《くずみしき》さんの〈トリックスターズ〉という、名作の誉れ高いミステリシリーズがあるので、「電撃でミステリ作家としてデビューするぞ！」という勇気を振り絞ることが出来なかったんです。ですから、そういう経緯もあって担当編集さんは自分がミステリを書きたいという気持ちがあることは知っていたんです。

ファンタジーを書くことの難しさ

若林　そして紺野さんもとうとう、ミステリ作品を書きます。版元は早川書房でタイトルは『錬金術師《れんきんじゅつし》の密室《みっしつ》』。私はこの作品で紺野さんのことを知ったのですが、おそらく多くのミステリファンもそうだったのではないかと思います。こちらですが、いきなり早川書房の編集者から執筆依頼が来たとか。

紺野　そうなんですよ！　いや本当にびっくりしました。早川書房の編集者から電撃文庫の担当にまず連絡が入って、お会いしたところ「うちでミステリを書いてみませんか？」と言われたんです。でも、この時点ではまだデビュー作しか刊行していない状況だったんです。よく海のものとも山のものとも知れない状態の新人に声をかけて、ミステリを書かせてくれたと思っています。

若林　『錬金術師の密室』はタイトルの通り、錬金術が発達した世界での謎解きを描いたものです。早川書房の担当者から声を掛けられた時点で、「ファンタジーの要素がある本格謎解き小説を書いてください」というオーダーなどがあったのでしょうか？

紺野　いえ、全くありませんでした。「ご自身の本当に好きなものを書いてくださって大丈夫です」という依頼でした。そこで、プロットの案を五、六個くらい提出した記憶があります。

　正直に言うと、当初はファンタジー路線でミステリを書こうとは思っていませんでした。新人賞応募時代から含めて、小説としてファンタジーを書いた経験というのが実はデビュー作の『ゼロの戦術師』が初めてだったんです。ただ、その時に評価いただいたものの、「ファンタジーって、書くのが非常に難しいな」と感じて、デビュー二作目に当たる『エンドレス・リセット　最果《さいは》ての世界《せかい》で、何度《なんど》でも君《きみ》を救《すく》う』はやや現実寄りの話に変えたんです。その後、早川書房の編集者と打ち合わせを行った時に、米澤穂信《よねざわほのぶ》さんの『折《お》れた竜骨《りゅうこつ》』（創元推理文庫）や上遠野浩平《かどのこうへい》さんの『殺竜事件《さつりゅうじけん》』（講談社タイガ）などのタイトルを挙げて「こういう路線の謎解きミステリもいいかもしれませんね」という案を出してくれたんです。ファンタジーには少し苦手意識が芽生えていたのですが、その話を聞いて「この人と一緒ならば、もしかしたらファンタジーの世界を舞台にしてミステリが書けるかもしれない」と思って、『錬金術師の密室』のプロットを提案したんです。

若林　今、ファンタジーを書くことに難しさを感じたと仰《おつしや》いましたが、具体的にどのように感じたのでしょうか？

紺野　ファンタジーはゼロから世界を構築する、という点ですね。誰も見たことが無い世界を書くということは、登場人物の生活習慣はおろか、文化・宗教・経済といったものをゼロから自分の頭の中で生み出して、さらに物語を展開させなければいけないということです。そんなの当たり前じゃないか、と思われるかもしれませんが、当時の自分にとっては「見たこともない世界を丸ごと作り出す」という経験が初めてだったので、これには大変苦労しました。

さらに難しいのは、作り上げた世界観に対して、きちんと読者が納得してくれるのかどうか、ということです。納得してもらうには、作中世界の設定を細かく固めていかなければいけない。いっぽうで説明がややこしくなって、リーダビリティを落としてもいけない。そういうバランスを取りながら書くのは、あまり器用ではないこともあって苦労が多かったです。

若林　『錬金術師の密室』で私が良いな、と思ったのは、紺野さんご自身が仰ったところの〝ゼロから構築した世界観〟を、上手くプロットに活《い》かしている点です。主人公のテレサが中盤、ある危機的状況に追い込まれている場面があります。ネタばらしに引っかからない程度にぼかして言うと、この世界におけるロジックが主人公たちの行動の枷《かせ》となるよう、効果的に使われているんですよね。特殊設定ミステリが陥りがちな点として、特殊な設定が「ルールのためのルール」と化して、作者にとって都合の良い展開を作るためのパーツのように捉えられてしまうことが挙げられます。

『錬金術師の密室』の場合は逆で、この作中世界における独自の設定が登場人物たちの行動を制限することによって、捻《ひね》りのある物語展開を生み出している。この点が非常に評価できると思います。

紺野　それはおそらく、まず世界観を徹底的に作り上げてから、後で描きたいトリックやロジックを考えているからだと思います。先ほどのファンタジーの話に戻りますが、読者に自分の構築した作品世界を納得してもらうためには、それなりに世界観を矛盾の無いように作り込む必要があります。そして世界観を作り込んでいくうちに、「例えばこういうシチュエーションになると、この世界ではこういう不可思議な謎が浮かび上がるのではないか」という発想が生まれてくるんですよね。作り込んでいるがゆえに、小さな矛盾や疑問がそのままミステリを成立させるアイディアになっていく。

逆にこういうトリックを使いたい、こういうロジックの展開を試してみたいという発想から物語を構築しようとすると、上手くいかない場合の方が多いですね。

これは読者の側に立った意見ですが、ファンタジー小説を楽しむためには、その作品の世界観にのめり込めるかどうかにかかっています。だからこそ、自然な形で読者が作品世界を受け入れられるように、細部まで違和感がないように構築しなければいけないんですよね。ただ私の場合、作品世界を構築してもそれを表現する文章力がまだまだ追いついていない部分も多く……。

若林　そうですか？　文章力という点については、主に会話劇にその力が発揮されていると思いますよ。高飛車な年上お姉さんと、ちょっと鬱々とした感じの真面目な青年コンビの掛け合いがあって、バディものとしてもテンポよく書かれていると思いますし。作品世界の作り込みという事に関しては、第二作『錬《れん》金術師《きんじゅつし》の消失《しょうしつ》』（ハヤカワ文庫）へのブリッジが上手く描かれていて、きちんと物語全体の構成を考えながら書かれているな、と感じることが出来ます。

紺野　そう言っていただけると非常に有難いです。

若林　『シンデレラ城の殺人』もまたファンタジーというか、誰もが知っているお伽噺《とぎばなし》のパロディに何と裁判物を掛け合わせるという、前代未聞の謎解きミステリです。今までおとぎ話を題材に取ったミステリは書かれていますが、まさかゲーム「逆転裁判《ぎゃくてんさいばん》」の趣向をシンデレラの話と融合させるとは思いませんでした。

読書遍歴をお伺いした時にうっかり聞きそびれたのですが、推理ゲームはけっこうやり込んでいる方なのでしょうか？

紺野　そうですね。ご指摘の通り、『シンデレラ城の殺人』は当然「逆転裁判」からの影響を強く受けています。ただ私の場合は、どちらかといえばテレビゲームというよりパソコンのノベルゲームの方をやり込んだ感じですね。ちょうど青春期はノベルゲームの全盛期に当たるので、その洗礼を非常に受けているんですよ。奈須《なす》きのこさんや田中《たなか》ロミオさんがシナリオを書いたゲームは特に好きで、『シンデレラ城の殺人』などはむしろノベルゲームからの影響の方が大きいんじゃないのかな、と自分では思っています。

若林　ごめんなさい、実を申しますと私、それほどノベルゲームにのめり込んだ経験がないので、『シンデレラ城の殺人』のどこら辺にその影響があるのかが、いまいち摑《つか》めません。

紺野　一番大きいのは、物語が進むテンポですね。ノベルゲームはもちろんスクリーンに映し出されるイラストの力が大きいんですけれど、表示されるテキスト情報自体もテンポよく出されて、プレイヤーが読みやすいように工夫して作られているんです。一頁《ページ》に表示される文字数が規定されており、プレイヤーの視認性をかなり計算した設計になっているんですよ。そういうテンポの良さを、例えば『シンデレラ城の殺人』では法廷における弁論バトルに活かしてみました。

若林　なるほど、会話のテンポですか。もう一つ、『シンデレラ城の殺人』ではシンデレラのキャラクター造形が素晴らしいですよね。おそらく童話パロディ史上、最もサバサバした図太い神経の持ち主のシンデレラです。そのうえ義理のお姉さんがツンデレです。ここでツンデレキャラに遭遇するとは思っていませんでした（笑）。

紺野　シンデレラの物語は誰でも知っているものなので、他のジャンルと掛け合わせる際のベースとしては非常に使いやすいんです。だから裁判ものとだって割と簡単に組み合わせることが出来る。ただし、シンデレラのキャラクターは非常に可哀想《かわいそう》な女性というか、基本的にはひ弱なイメージで認知されているので、そのままのキャラクターで描こうとすると、法廷に立たされたら絶対言い負かせられないはずです。だから、そこは原典から手を加えて、屁理屈《へりくつ》に強く、口喧嘩《げんか》しても絶対に負けないようなキャラクター造形にしてしまえ、と。こうすれば物語を停滞させずに進めることが出来ます。あとは物語を進行していくに当たってシンデレラをサポートしてくれるキャラクターが欲しいな、と思った際に「じゃあ、それは義理のお姉さんにしてみよう。ついでだから、ツンデレキャラにしてしまえ」と考えついて描いてみたんです。

若林　ついでだからツンデレにしてしまえ、ですか（笑）。こういう、いわゆるライトノベルやアニメに登場しそうなキャラクター造形は、やはり紺野さん自身も得意であると思われているのでしょうか。というのも、『無自覚《むじかく》チートの箱入《はこい》りお嬢様《じょうさま》、青春《せいしゅん》ラブコメで全力《ぜんりょく》の忖度《そんたく》をされる』（電撃文庫）という、完全にラブコメジャンルのライトノベルも同時期に刊行されていて、ミステリと並行しながらライトノベルの本道を行くような作品も書いていくつもりなのかな、と思ったので。

紺野　この二冊の刊行時期が重なったのは偶然ですが、両方ともなるべく軽妙なタッチで書こうとしたのは同じですね。『シンデレラ城の殺人』についても、「ライトな感じのミステリをお願いします」という編集者からのオーダーに応えた感じです。

震災後の暗い気持ちを『虚構推理』が救ってくれた

若林　このイベント時点での最新作である『神薙虚無最後の事件』は、先ほど少しお話に出ていた二〇一二年にメフィスト賞へ応募した作品をプロトタイプにした長編ミステリです。こちらですが、最初にメフィスト賞へ応募したものから、どのくらい改稿されているのでしょうか？

紺野　半分以上は改稿していますので、ほぼ別作品のような状態になっています。メインの仕掛けは変えていないのですが、登場人物の設定などは全般的に手を加えた感じですね。

若林　今回、十年以上を経て応募作を大改稿の上刊行しようと思ったきっかけは何だったのでしょうか？

紺野　最初にメフィスト賞へ応募した際、編集者座談会の中で「次の作品も待っています」と言ってくれた編集者がいたんです。それが非常に嬉しくて、それ以降もメフィスト賞には送っていたんですよ。

時が経《た》って作家デビューし、『錬金術師の消失』の時に城平京さんから帯コメントをいただけることになって……。その際に早川書房の担当編集者が、城平さんの講談社の担当編集に『錬金術師の密室』を送ってくださったんです。それが何と当時メフィスト賞の座談会で「次の作品も待っています」と言ってくれた編集者だったんです。そこから「あの時のリベンジを果たしましょう」という話になり、『神薙虚無最後の事件』の刊行に至りました。

若林　城平京さんがいわばキーパーソンとなっていたのですね。これはちょうど良いという か、実は今回、紺野さんに一番お聞きしたかったのは、城平京作品と紺野作品の繋がりなんです。

『神薙虚無最後の事件』には多重解決と作中作という、二つのミステリの技巧が物語を支える大きな柱として使われています。後者の多重解決の部分は、城平さんの『虚構推理』から大きな影響を受けていますよね。ただ『神薙虚無最後の事件』の原型が投稿されたのは二〇一二年とのことですから、実質的にはかなり早期の段階で『虚構推理』の影響を受けた作品とも言えます。

紺野　そうですね……。これについては『虚構推理』ないしは城平京さんが大好きだから、という以上の思いが『神薙虚無最後の事件』にはあるんですよ。

若林　というと?

紺野　『神薙虚無最後の事件』の原型を書いた二〇一一年は、ご存じの通り東日本大震災があった年なんですよ。私自身は都内に住んでいたので、直接の被災者ではありません。でも津波の被害による悲惨なニュースがずっと流れ続け、節電をはじめとする自粛ムードが漂う中、社会全体が暗い影にずっと覆われている気がして、非常に落ち込んでいた時期がありました。私はその頃社会人三年目でやっと仕事を覚えてきたかなというところで震災が起きて、将来に対する言い知れぬ不安を抱えてしまい、「このままでいいのかな、自分は」という気分になっていたんです。そのタイミングでとあるミステリ作品を読んだのですが、それが非常に後味の悪さを売りにしている小説で、ただでさえ気持ちが沈んでいる時にそんな物語を読んでしまったから余計に落ち込んで、もうどうにもならないところまで来ちゃったんです。

でもね、そんな時に突然講談社ノベルスから、自分がずっと好きだった城平さんの本が出たわけです。これは本当に青天の霹靂《へきれき》で。その頃の城平さんは専《もっぱ》ら漫画の原作に力を入れておられた時期だったので、まさか講談社ノベルスから本格を出すとは夢にも思っていなかった。それで慌てて『虚構推理』を買って読んだら、まさにエンタメの極致がそこにはあったんですよね。社会人になった後は忙しくて小説を書く暇が全く無かったんですが、『虚構推理』を読んで「小説を書かなきゃ駄目だ」と思い立って、書き始めたんです。自分にとってそのくらい『虚構推理』という作品は人生を前向きにさせてくれるエンタメ小説だったんです。

若林　なるほど、それで非常に納得がいきました。真相に触れない程度にぼかして言うと、『神薙虚無最後の事件』を最後まで読み終えると、様々な辛《つら》いことがあったその先に突き抜けたものがあるというか、胸の中にあるつっかえが取れるような印象を受けたんです。それは東日本大震災における暗い世相と、それを受けて沈んでしまった心を取り戻すための紺野さんご自身の葛藤が背景にあったんですね。そしてブレイクスルーのトリガーとなったのが城平さんの『虚構推理』というのが興味深い。

『虚構推理』は「推理が真相を示すのではなく、真相を作り上げるのだ」ということを表した作品です。言い換えれば推理という行為そのものが何をもたらすのか、ということに関心を寄せた物語とも言える。そうした構造について、二〇一一年当時の紺野さんは惹かれたのではないでしょうか。

紺野　そうですね。謎解きミステリである以上、真相が提示されることは大事なんですけれど、それ以上に物語として真相が提示された後の一歩先にある光景を描かなければいけないと思っていて。これはミステリとして、というより、それ以前にエンタメ小説として大切なことではないのか、と考えているんです。読書体験を語ったところで、はやみねかおるさんのような平和な謎解き物語を自分でも書いてみたい、という話をしましたが、根っこでは話は繋がっていると思います。『神薙虚無最後の事件』に限らず、例えば『錬金術師の密室』についても真相が明かされた後のサプライズに力を入れて書いています。

若林　先ほどから紺野さんが『虚構推理』をエンタメ小説として、と繰り返しているのが面白く感じます。ミステリ読者からすると『虚構推理』で使われた多重解決の技巧は、それこそ謎解きのコア部分を発展させたものであると捉えていたので、広義のエンタメ小説として、それも前向きなパワーを与えてくれる小説として評価されていることは新鮮でした。

紺野　あまり正直に言うのもなんですが、私自身にはそれほど巧緻なミステリを書ける才能は無いと思っているんです。古典ミステリは好きですがマニアの方のように網羅的に読んでいるわけではないし、新刊の読書量についてもミステリ研究会に所属しているような方たちと比べれば少ないです。

　でも、だからこそ自分にしか書けない、幅広い魅力を持ったエンタメ小説を生み出せるようになりたい。『神薙虚無最後の事件』には「人を不幸にするような推理はいらない」という風な台詞《せりふ》が途中で出てきますが、これは私の本心でもあります。かつて『虚構推理』が私を救ってくれたように、人を幸せにするエンタメ小説の書き手になれれば良いと思っています。

（二〇二二・六・十二　於／オンライン）

紺野天龍　著作リスト

〈錬金術師〉シリーズ

錬金術師の密室（ハヤカワ文庫）
錬金術師の消失（ハヤカワ文庫）

〈幽世の薬剤師〉シリーズ

幽世の薬剤師（新潮文庫 nex）
幽世の薬剤師 2（新潮文庫 nex）
幽世の薬剤師 3（新潮文庫 nex）
幽世の薬剤師 4（新潮文庫 nex）

ノンシリーズ

ゼロの戦術師（電撃文庫）
エンドレス・リセット 最果ての世界で、何度でも君を救う（電撃文庫）
シンデレラ城の殺人（小学館）
神薙虚無最後の事件（講談社）

〈無自覚チートの箱入りお嬢様、青春ラブコメで全力の忖度をされる〉シリーズ

無自覚チートの箱入りお嬢様、青春ラブコメで全力の忖度をされる（電撃文庫）
無自覚チートの箱入りお嬢様、青春ラブコメで全力の忖度をされる 2（電撃文庫）

紺野天龍（こんの・てんりゅう）
1985年、東京都生まれ。2018年、電撃小説大賞応募作「ウィアドの戦術師」を改稿・改題した『ゼロの戦術師』でデビュー。'19年、メフィスト賞投稿作「朝凪水素最後の事件」を改稿した『神薙虚無最後の事件』が第29回鮎川哲也賞の最終候補作となる。

白井智之

SHIRAI TOMOYUKI

「基本的には
その作品で使いたい
ミステリとしてのアイディアを
まず定めてから
作品を書き始めます」

白井智之の登場はショッキングだった。巧みで緻密な謎解きの技巧が冴える一方で、グロテスクな異形が跋扈する特異な世界観ゆえに"読者を選ぶ小説の書き手"というイメージがつきまとっていた。しかし、本当に白井は"読者を選ぶ"作家なのだろうか。そうした疑問を胸に抱きながら謎解きの創作法を伺うと、そこにはおどろおどろしい作風からは想像がつかない、どこまでもストイックな姿勢が浮かび上がってきた。

横溝正史《よこみぞせいし》作品の怖さに惹《ひ》かれて

若林　まず、白井《しらい》さんがミステリに触れるきっかけとなった作品や作家さんのお名前を教えていただきたいんですが。

白井　最初は児童向けにリライトされた海外古典作品から読み始めましたね。コナン・ドイルやアガサ・クリスティの作品などは、偕成社文庫に収められているもので読んだ記憶があります。それらの作品を読んでいるうちに「ああ、自分はこういうタイプの物語が好きなんだな」と次第に気付いた感じですね。

若林　ミステリに親しむきっかけとしては、かなりスタンダードなコースですね。そこから大人向けの作品に親しむようになったのは、いつ頃のことでしょうか？

白井　小学校高学年か、もしくは中学校に入学したくらいのタイミングでしょうか。一番大きかったのは、横溝正史の作品を読み始めたことです。児童向けのミステリは色々と読んでいたのですが、横溝作品に嵌《は》まったことが読書遍歴の中ではターニングポイントになっていると思います。ほぼ同じ時期に、いわゆる〝新本格ミステリ〟と呼ばれる作品群があることも知って、読書の幅が広がっていきました。

若林　横溝作品は最初、何から読んだんですか？

白井　『獄門島《ごくもんとう》』（角川文庫）を読みました。今から思えば、初めての横溝体験が『獄門島』で良かったです。優れた本格ミステリでありながら、分かりやすく派手な作品でもありますよね。物語全体に外連味《けれんみ》があり、見立て殺人もバリエーションがあって、非常に目を引く演出が随所に用意されている。そういう派手な作品に魅力を感じやすい年齢でもありましたし、『獄門島』の華やかさに惹かれてその他の横溝作品をもっと読んでみたい、という気持ちになりました。

若林　トリックもシンプルだけれど、大掛かりでインパクトがありますしね。ちなみに『獄門島』以外に作品でベストを挙げるとしたら、どの作品ですか？

白井　横溝作品のベストについてはたまに聞かれるんですが、『悪魔《あくま》の手毬唄《てまりうた》』（角川文庫）と答えるようにしています。『獄門島』と並ぶくらい外連味の強い作品ですし、何よりも恐怖の演出が決まっています。

若林　あるインタビューでは、金田一耕助《きんだいちこうすけ》が峠を歩いている最中に老婆とすれ違って「おりんでござりやす、可愛《かわい》がってやってつかあさい」と声を掛けられるシーンがお気に入りだと語っていらっしゃいましたよね。私もすごく好きです、あの場面。市川崑《いちかわこん》監督版の映画でも非常に印象的なシーンでした。

白井　やっぱり怖いですよね！　あのシーン。私はその後の流れも好きで、金田一が宿の女将さんに「おりんという人とすれ違ったんだけれど」と言うと、「その人はもう死んでいます」と返答されて、金田一が困惑するんですよ。あとはおりんさんの夫だった庄庵《しょうあん》さんの家に入ったら、血痕だけが残っていて蛻《もぬけ》の空だったというシーン。とにかく序盤の光景はどれも怖いし、同時に物語の摑《つか》みとしても心惹かれるものが多いですね。

若林　先ほど、外連味という言葉を使われていましたが、白井さんご自身が書く小説も外連味に満ちていますよね。ミステリとしてだけではなく、ホラーとしても読みどころがある点も白井さんと横溝作品は共通するものがあると思います。

ミステリとホラーの融合といえば、三津田《みつだ》信三《しんぞう》さんの名前が思い浮かぶのですが、白井さんは三津田さんの作品にも非常に影響を受けたと聞いています。最初に読んだ三津田作品は何でしたか？

白井　大学時代に〈刀城言耶《とうじょうげんや》〉シリーズの第一作『厭魅《まじもの》の如《ごと》き憑《つ》くもの』（講談社文庫）を読んだのが最初だったと思います。三津田さんは一時期、〈刀城言耶〉シリーズをハイスピードで刊行されていましたよね。あの頃は「こんな濃密な小説をこんなに次々と読めるとは、なんて幸せなんだ」と思いながら追っかけていました。

当時からホラーも好きなジャンルだったので、三津田さんのホラー演出にも惹かれていました。「こんな場面に出くわしたら怖くてたまらないよ」と思うような描写が幾度となく出てきますよね。

でも、〈刀城言耶〉シリーズではやはり謎解きミステリとしての質の高さに度肝を抜かれました。伏線の描き込みの精度はもちろん、サスペンスの技法やトリックの奇抜さにおいても群を抜いていますよね。どこをとっても完成度が高い。ミステリとして、一段上のステージの作品を読んでいるという興奮がありましたし、今もそれは変わりません。

若林　三津田さんの〈刀城言耶〉シリーズの特徴として、次々と推理が繰り出されては否定され、また別の推理が提示されるという多重解決の趣向があります。白井さんの作品でも、この多重解決が効果的に使われていますよね。三津田さんの作品以外にも、多重解決の趣向で意識した作品などがあれば教えてください。

白井　アントニイ・バークリーの『毒入《どくい》りチョコレート事件《じけん》』（創元推理文庫）やコリン・デクスターの〈モース警部《けいぶ》〉シリーズなど、多重解決の趣向を使った名作は沢山ありますし、それらの作品から影響を受けていることは大前提なのですが、自分の中で何かランドマークのような作品があるかというと、あまり思い浮かびません。

　ただ、自分が大学の推理小説研究会に所属していた頃は、謎・捜査・解決の流れに沿って物語が進行し、事件が解決したらめでたしめでたし、といった定型に抗うような作品が多く刊行されていた気がします。既存のパターンに対するおちょくりじゃないけれど、パターンそのものをひっくり返したり、敢《あ》えて変化を付けてみたりと、実験精神を感じさせるタイプの作品が毎年刊行されていたように思っていて。大学時代、ミステリをある程度読み込んできて「そろそろ、お決まりのパターンにも飽きてきたな」と感じる時期でもあったので、そういう刺激的な作品に自然と影響を受けたのかもしれません。

若林　影響を受けた作品の話でもう一つ気になるのは、飴村行《あめむらこう》さんのお名前を綾辻行人《あやつじゆきと》さんの対談集『シークレット』（光文社）の中で挙げていたことです。飴村さんは『粘膜蜥蜴《ねんまくとかげ》』（角川ホラー文庫）で第六十三回日本推理作家協会賞を受賞するなど、ミステリの分野においても高く評価されていますが、基本的にはホラー小説の書き手であるという認識です。

白井　飴村さんの作品は〈粘膜〉シリーズを中

心に、作品を重ねるにつれてミステリの趣向も増えてくるんですが、自分はやはりホラーの面に惹かれて読んでいる部分が大きかったですね。もともと角川ホラー文庫で刊行されるようなタイプの作品は好きで沢山読んでいたのですが、その中でも飴村さんの作品は何というか、エクストリームというか。

若林　エクストリーム。良い表現だ（笑）。

白井　とにかく既存の作品とは違う、今まで読んだことのない小説に出会ったような喜びを感じたんです。

若林　確かに飴村さんの作品は戦時中の日本らしき光景が描かれるのだけれど、全くの異世界を描いているようにも見えて、しかも悍《おぞ》ましいクリーチャーのような存在も出てくる。白井さんの作品にも食用クローンや〝結合人間〟などグロテスクな異形が多く登場しますが、その点では飴村さんの作品と似通っている部分があるのかも。

こういったグロテスクなホラーへの傾倒は、何をきっかけにいつ頃からあったのでしょうか。

白井　ホラーに関しては、小説に限らず様々なメディアから影響を受けていると思います。

実は小中学生の頃は、映画館に行ったりレンタルビデオ店でドラマやアニメを借りてきたりできない家庭環境だったんです。だからテレビでホラー映画が流れているのをたまたま見かけたりすると、すごく嬉《うれ》しくなって齧《かじ》り付くように観ていたんですよね。

そんな感じで高校時代まで過ごした後、大学生になってある程度、自由に過ごせるようになると、「今まで観られなかったホラー映画を沢山観てやろう」という気分になったんです。それでホラーとそれに隣接するジャンルの映画をむさぼるように観始めました。

そうして、ある程度の本数を観ると、今度は「もっと過激なものを観たい」という欲求が首をもたげてきたんですよね。それでより刺激の強い作品を観るようになっていったんですが、ただ、今振り返るとずいぶん幼かったな、とも思います。ホラージャンルの面白さは別に過激な描写だけではないので、それだけを求めるように作品を鑑賞していた時期は、だいぶ視点も偏っていたような気がします。

話に詰まったら、すぐに登場人物を死なせてしまう癖

若林　実際に小説を書き始めたのは、いつ頃のことなのでしょうか？

白井　初めて小説を投稿したのは、高校三年生の時でした。通信教育のZ会に入っていたんですけれど、そこに創作を募集するコーナーがあったんですね。その中に原稿用紙四〜五枚くらいのショートショートの公募があったので、書いて送ってみたんです。すると何と入賞して、一万円の賞金が届きました。高校生にとっての一万円、信じられないくらいの大金ですよ。それで大喜びして、「もしかして俺、小説を書く才能があるんじゃないか」という思い込みで小説を書き始めたんです。最初に書いた短編は、バナナを育てている島でお婆《ばあ》さんが殺されて、子供がその犯人を捜すというお話でした。

若林　その作品は後にデビューしてから書いたようなグロテスクな要素が入っていたり、特殊な設定が使われていたりする作品だったの

でしょうか？

白井　いえ、全然。オーソドックスなフーダニット小説でした。

若林　ちょっと気になったのですが、初期の〈人間〉三部作のようなテイストの作品は、いつ頃から書き始めたんでしょうか？

白井　実は特殊な設定を使った謎解きミステリ、いわゆる〝特殊設定ミステリ〟と呼ばれるような作品を書いたのは、デビュー作の『人間《にんげん》の顔《かお》は食《た》べづらい』が初めてでした。デビュー前はホラー小説の新人賞にも作品を送っていたので、典型的なミステリではない作品も書いてはいたのですが、いわゆる〝特殊設定ミステリ〟にチャレンジしたのは、デビュー作が初めてだったと思います。

若林　今、特殊設定ミステリは国内ミステリのトレンドのようになっていますが、そもそも山口雅也《やまぐちまさや》さんの『生《い》ける屍《しかばね》の死《し》』（光文社文庫）や、西澤保彦《にしざわやすひこ》さんの『七回死《ななかいし》んだ男《おとこ》』（講談社文庫）などの先例は数多くあります。白井さんのデビューは二〇一四年ですので、今の特殊設定ミステリブームが来る前からこの分野を書いていましたが、そういった先行作品に対する意識というのがどこまでご自身の中にあったのか、非常に気になるところです。

白井　西澤さんや山口さんの作品はもともと好きで読んでいました。どちらも、謎解きを成立させるための条件やルールの書き込みなどについて、学ぶ点が多かったと思います。

　ただ、そこから「自分も、異世界のルールを使ったミステリを書いてみよう」というモチベーションでデビュー作を書いたのかというと、それは少し違います。自分の好きな謎解きミステリとB級ホラーのテイストを融合させたらどんな作品が出来上がるのかしら、というのが最初の発想でした。食用クローンの設定は、ミステリとホラーの融合を成立させるための手段という面が大きかったです。ですので、先達の作品からの影響は大いにありますが、いわゆる〝特殊設定ミステリ〟を書くことが第一の目的だったわけではありません。

若林　なるほど。今の発言は『シークレット』における綾辻さんとの対談でも、実は似たようなことを仰《おつしや》っている箇所がありますね。「〝企《たく》み〟の方がテーマ性より先行していいます」という部分です。これは『人間の顔は食べづらい』をはじめとする初期作品で、社会問題を扱っているのではないかという指摘を受けての回答ですが、これは「テーマ性」のところをサブジャンルの名前に置き換えても当て嵌まる気がします。ここで白井さんの企みというのは、ミステリの型や技巧のことを指していると解釈して良いですよね？

白井　はい、仰る通りです。もちろん、作品ごとに意図するものは違うし、力点の置き方も違うのですが、基本的にはその作品で書きたいミステリとしてのアイディアをまず定めてから作品を書き始めます。このアイディアというのはトリックには限りません。謎解きの場面でこういうロジックの積み重ね方をやってみたいとか、物語としてこういう構成を試してみたいとか、いずれにせよ何かチャレンジしてみたいアイディアが前提にあって、それを効果的に表現するための〝肉付け〟を行っていくイメージですね。

若林　〝肉付け〟？

白井　実現したいロジックやトリック、物語の構成などを成立させるためのルールや設定を検討して当て嵌めていく作業のことですね。もっとも、逆にルールや設定から考えた作品も正直あります。例えば、短編集の『ミステリー・オーバードーズ』（光文社文庫）に収録されている「ちびまんとジャンボ」は、奇妙な大食い大会という舞台設定から考え始めた作品です。短編では比較的、そういう書き方をすることもありますね。ただ、基本的にはミステリとしてのアイディアを定めてから書く方が自分には合っていると思っています。

若林　物語の構成というお話が出てきたので、それに絡めてもう一つ。今回、初期の三作品を読み返して思ったのですが、あらかじめ本格謎解きミステリであると帯やあらすじ紹介に書いていないと、謎解き小説であると簡単には分からない構造になっていますよね。例えば『東京《とうきょう》結合人間《けつごうにんげん》』（角川文庫）の前半部は犯罪小説のテイストで書かれているし、『おやすみ人面瘡《じんめんそう》』（角川文庫）についても複数視点から様々な出来事が描かれて物語の核がそもそもどこにあるのか最初は分からない構成になっている。

ミステリの謎・捜査・解決という定型を崩す作品の話が先ほど出てきましたが、物語の構成の点で白井さんはパターンを崩して楽しませる工夫を行っていると思います。

白井　物語の構成については、「類例のない話を書いてみたい」という欲求があって、そのような形の作品を目指していたことも確かです。

先ほどの創作法の観点から言うと、物語の

作り方自体は先ほど申し上げたように、ミステリとしてのアイディアをまず定めて、そこから設定を膨らませていくという形式を取っています。ただ、特に初期作品では事件の前提となる作中世界の設定の説明に多くのページを費やす必要があり、そこで読者を飽きさせない工夫が必要でした。そのために構成を色々と捻《ひね》った結果、物語の核をなかなか見せない形になったんだと思います。もっとも、今ほどかっちりとプロットを立てていなかったため、書きながら要素が増えていった結果、あのような構成になったのかな、とも思いますが。

若林　でも、白井さんの書き方って、逆に話の裾野が広がる気がしているんですよね。自分の試してみたい型や技巧を定めてから、あとはそれに見合った肉付けをしていく書き方というのは確かにコストパフォーマンスが悪い書き方かもしれませんが、その分、その肉付けする部分で奇抜なアイディアが浮かび上がる可能性もある。白井さんが食用クローンや結合人間のような、ぶっ飛んだ異形を生み出すことが出来るのは、実はミステリの型や技巧を活《い》かすために逆算しながら書いている面も大きいのではないでしょうか。

ただし、この書き方って無軌道になり過ぎる時もありませんか？

白井　それはまさに仰る通りで……。どれだけ事前に考えていても、具体的な場面を描写していくうちに説明しなければならないことが増えてしまうのは、この書き方の難点かもしれません。例えば奇妙な世界を構築した場合、奇妙なりにちゃんと筋の通った説明をしなければならないし、その上で殺人事件の謎解きをしないといけないので、フェアに謎解きが出来る様に情報を書き込む必要も出てくる。しかも大事な点は小説として物語の中で違和感なく説明しなければならない。単なるルール説明だけが書かれると、読者は不自然に思いますし、それこそ物語に飽きてしまいます。

これに関する自分の悪い癖で、作中ですぐに人を死なせてしまいがちということがあります。ミステリとしての整合性に注力していると、つい物語の面白さが後回しになってしまうんです。そういう時に「もう少し物語を盛り上げたいから、取り敢えずこの登場人物は殺してしまおうか」という思考に走ってしまいがちで。

若林　それはまた極端ですね（笑）。

白井　自分でも子供っぽいなあ、と思うところがあるのですが、スプラッタホラーやスラッシャー映画を好んで観ていたせいか、物語が停滞気味になると、派手に血しぶきが飛ぶような場面を入れて物語を動かそうとする傾向があるんですよね。その点はある意味、ホラー映画から学んだことでしょうか。最近はさすがに、そこまで安直に登場人物を殺すことは無くなっていると思うのですが。

若林　この話は別の観点から考えると、白井さんは自分が創造した小説内の登場人物に対して、あまり肩入れしていないからだとも捉えることが出来るんですよ。特に初期作品の傾向として、固定化した探偵役が出てこないということが挙げられます。どこかエキセントリックな人物たちが入れ代わり立ち代わり登場して、推理の場面の時だけ理路整然とした態度を取って謎解きに興ずるというパターンが〈人間〉シリーズの特徴でした。もちろん、これは他の作品でも見られる傾向なので、もしかしたら白井さん自身はレギュラー探偵など、固定化したキャラクターを書くことには頓着していないのか、と思っています。

白井　それはご指摘の通りかと思います。以前はあまり自覚が無かったのですが、自分が特定の登場人物に入れ込んだ書き方をしていないことにある時点で気付きました。それは書き手としてだけではなく、読者としても同じですね。フィクションに触れる際、キャラクターを通して物語を読み解こうとすることがほとんどありません。これは色々な人と話す中で気付いたことです。

若林　小説以外でも、例えば漫画やアニメの中で、キャラクターに惚《ほ》れ込んだりした経験もあまり無いのでしょうか？　確かに白井さんの作品を読んでいると、アニメやライトノベルなどの文化からの影響は感じないのですが。

白井　それは本当に無いですね。自分は漫画・アニメ・ライトノベルといった、現在の日本のホットなエンターテインメントに対するリテラシーがほとんどないんです。もともと映画やドラマを観ない環境で育ったからというのもあるんですが、そうした文化に接してこなかったので、いわゆる〝キャラ萌《も》え〟といった感覚が自分にはよく分からないんです。

若林　〈新世代ミステリ作家探訪〉にゲストとしてお呼びする若手作家さんは、どちらかといえばアニメやライトノベルに親しんでいた方が多いので、ここまではっきりと「あまり接してこなかった」と仰る方は逆に珍しいな、と思いました。

白井　大学のミステリ研究会など、なにがしかのコンテンツを楽しむ人たちが集うコミュニティには、いわゆる〝オタク〟とカテゴライズされるような人たちが集まりやすいと思いますが、どのコミュニティであれ、今は漫画・アニメ・ゲームなどのカルチャーが大なり小なりベースになっている気がします。その点、自分も推理小説研究会に所属していましたが「皆とは素地が違うな」と感じることも多かったですね。

創作法に変化があった『名探偵《めいたんてい》のはらわた』

若林　このイベントを開催している二〇二二年七月時点において、白井さんの作品の中でどれが一番好きか、と問われたら私は『名探偵のはらわた』（新潮文庫）を挙げることにしています。非常に繊細な仕掛けがあちらこちらに配置されている作品なので、ネタばらしを避けながらお話しするのは技術がいるのですが……。

白井　なかなか話しにくいですよね（笑）。

若林　それでも言及しても良いかな、という部分を拾いながら話すと、これは阿部定《あべさだ》事件や津山《つやま》三十人殺しといった、昭和に実際起きた凶悪犯罪をモチーフにした連作集なんですね。今までの白井さんの作品を振り返って考えると、現実に起きた出来事を題材にして描くという点がまず違うと感じました。実在の犯罪を絡めて謎解きを書こうと思ったきっかけは何だったのでしょうか？

白井　『名探偵のはらわた』の原型は、もともと漫画原作の相談を受けた時に思い付いたネタなんです。その時、フラッシュアイディアのレベルでネタを幾つか出したんですけれど、その中に実際に起きた猟奇犯罪の犯人たちが登場するアイディアがあったんです。残念ながら漫画原作の話自体が流れてしまったのですが、そのネタは自分でも気に入って「どこかで使いたいな」と思っていて、後に新潮社の書下ろし作品として執筆することになりました。

若林　ここまでは言って良いと思うんですけれど、『名探偵のはらわた』は白井作品にしては珍しい、固定化した探偵役が出てくるじゃないですか。これも漫画原作の話があった段階で決まっていたことなんですか？

白井　いや、そこまで具体的には考えていなかったです。ただ、悪い奴《やつ》らがぞろぞろ出てきて、世の中が大変なことになってしまった時に、それに立ち向かう存在として名探偵が登場する、という流れまでは構想していました。

若林　固定化された名探偵の登場の他にもう一つ、『名探偵のはらわた』では過去の作品と明確に違う点がありますよね。それは実在した犯罪をモチーフにして、物語を構築していくという点です。前半のお話で、白井さんは使いたいアイディアをまず決めて、そこから必要なパーツを集めて組み立てていく、という方法でミステリを書いていると仰っていました。しかし、『名探偵のはらわた』では実在の犯罪をモチーフにするという、設定ありきで物語を書くというアプローチが取られている。

白井　その通りです。この作品については、今までとは少し異なる書き方で完成させました。

若林　いっぽうで、今までの白井さんらしい謎解きの構築もされているなという部分もあります。それが最も表れているのが、ある人物が言う「お前の推理には体温がない」という台詞《せりふ》です。白井さんの作品で展開される物語は一見すると常識外れなことばかり起こっていて、出てくる登場人物たちもおかしな人たちばかりなのだけれど、そこで披露される推理は理路整然としていて、しかも人間心理の自然な流れに沿ったものですよね。

特にホワイダニットを扱った謎解きミステリなどに顕著ですが、奇抜な着想に拘《こだわ》るあまりに心理の流れとして実に不自然なことを書いてしまい、単に「狂気」として片づけてしまうようなものもあります。でも、白井さんの作品にはそれが全くない。推理の〝体温〟という表現は言い得て妙だと感じました。

白井　正直に言うと「体温がない」という台詞にそこまで着目されるとは思っていなかったです。物語の流れの中で思い付きで書いた台詞だったので（笑）。

それはともかく、確かにある種の奇抜なトリックや、非現実的な設定やルールを謎解きに盛り込む際は、心理の流れとして不自然になってないかということに注意する必要がありますよね。例えば『死体《したい》の汁《しる》を啜《すす》れ』に関していうと、あれは現実では考えられないような奇妙な死体を描く、という縛りで書いた連作短編集です。一見するとハウダニットをテーマにした小説のようにも思えるのですが、主眼は死体が出来上がった方法よりも、なぜそんな奇妙な死体が出来上がったのか、という理由の方にあります。それは最終的に「犯人あるいは被害者は何を考えてそのような行動を取ったのか」という人間心理の部分に帰結すると思うので、その部分で納得のいくものが書けるのかどうかが勝負になってきます。

別に人間の心理を描きたいわけではないけ

れど、謎解きを突き詰めるうち、結果的にそうなっている、ということはありそうです。

若林　もう一つ、『名探偵のはらわた』で気になるのはグロテスクな要素が過去の作品に比べると抑え気味になっている点ですね。これはご自身で意識して抑えられたのか、それとも編集サイドからオーダーがあったのでしょうか？

白井　特にそういうオーダーを受けたわけではありませんね。『名探偵のはらわた』のプロットを作った際に考えたのは、第一章の終わりで起きる出来事でちゃんと読者を驚かせよう、ということです。そこで世界が一変するような感覚を味わってもらって、この後の展開はどうなるのだろうかとワクワクしてもらうことが、この作品を成功させるキーポイントになると思ったんです。例えば『東京結合人間』や『おやすみ人面瘡』のように、人をすぐにぶん殴ったり、殺したりするような人が街のあちこちにいるような世界観で書いてしまうと、序盤で一番盛り上げたいサプライズが霞《かす》んでしまう。もともと壊れている世界では、滅茶苦茶なことが起きてもあまり驚かないじゃないですか。だから、ここは登場人物たちの造形はそれほどエキセントリックなものにはせず、序盤で起こる出来事が最大限に異様に思えるような書き方を意識しました。結果的に、それがグロテスクな描写を抑える要因になったのではないでしょうか。

若林　なるほど。それは興味深いですね。白井さんが使いたいミステリの型や技巧から逆算して物語を構築していく作家さんであることは、このイベント内でも繰り返し強調しました。『名探偵のはらわた』でも逆算する方式でストーリーが組み立てられているのですが、これはミステリの型や技巧が出発点であるというよりも、「もっと広い意味で読者を楽しませるためには、どういうパーツを使えばよいのか」というところから計算が始まっていると思います。これが結果として『名探偵のはらわた』が白井さんの作品の中でも、あらゆる娯楽要素を詰め込んだ総合エンタメ小説の様相を呈することに繋《つな》がったのではないかと私は考えています。

白井　言われてみるとそうかもしれない、と自分でも思ってきました。確かに『そして誰《だれ》も死《し》ななかった』(角川文庫)のあたりまでは、自分の書きたいミステリをどこまで掘り下げていくことが出来るのか、探求していくような気持ちで書いていた気がします。

でもミステリの面白さには色々なものがあります。これまで自分の好きだったものはもちろん手放さないけれど、様々なミステリの楽しみを自分なりの形で描いていきたい、という心が芽生えたといいましょうか。だから自分もデビュー時から変化しているのかも、ということに今気付きました。

(二〇二二年・七・十七　於／オンライン)

白井智之 | 著作リスト

ノンシリーズ

人間の顔は食べづらい（KADOKAWA・角川文庫）
東京結合人間（KADOKAWA・角川文庫）
おやすみ人面瘡（KADOKAWA・角川文庫）
少女を殺す 100 の方法（光文社・光文社文庫）
お前の彼女は二階で茹で死に（実業之日本社・実業之日本社文庫）
そして誰も死ななかった（KADOKAWA・角川文庫）
名探偵のはらわた（新潮社・新潮文庫）
ミステリー・オーバードーズ（光文社・光文社文庫）
死体の汁を啜れ（実業之日本社）
名探偵のいけにえ 人民教会殺人事件（新潮社）
エレファントヘッド（KADOKAWA）

対談集

シークレット 綾辻行人ミステリ対談集 in 京都（光文社）

アンソロジー（書下ろし）

謎の館へようこそ 黒 新本格 30 周年記念アンソロジー（講談社タイガ）
平成ストライク（南雲堂・角川文庫）
J ミステリー 2023 SPRING（光文社文庫）

白井智之（しらい・ともゆき）
1990年、千葉県生まれ。東北大学卒。在学中はSF・推理小説研究会に所属していた。2014年、第34回横溝正史ミステリ大賞の最終候補作となった『人間の顔は食べづらい』でデビュー。'23年に『名探偵のいけにえ 人民教会殺人事件』で第23回本格ミステリ大賞小説部門を受賞する。

ミステリ作家志望者にお薦めの本

本書を読んでいる方の中には、ミステリ作家としてデビューする事を目指している人もいるでしょう。そんなミステリ作家志望者にお薦めしたいのが新井久幸《あらいひさゆき》『書きたい人のためのミステリ入門』（新潮新書）と福井健太《ふくいけんた》『本格ミステリ鑑賞術』（東京創元社）の二冊です。前者は現役の小説編集者による創作指南書で、手がかりの書き方などを事例とともに分かりやすく解説しています。後者は古今東西の名作ミステリを紹介しながら、本格謎解き小説が培ってきた技法を語る、ブックガイドの側面を併せ持つ論考です。

坂上泉

SAKAGAMI IZUMI

「警察組織というのは、社会を映す鏡としては最適な組織であると私は思っています」

日本の警察小説は横山秀夫が登場した一九九〇年代の終わりごろからブームを迎え、二〇〇〇年代には数多の人気シリーズが誕生するほど一大ジャンルとなった。その熱気も時が経ち落ち着いたかに見えたが、ここにその系譜を受け継ぐ作家が現れた。坂上泉である。刑事を主役にし、歴史の転換点における風景を写し取ろうとする作風は、日本の警察小説ブームの中で書かれていたようで、実はあまり作例が少ない。時代小説からデビューして一転、二作続けて警察小説に取り組んだことには、どのような背景があったのだろうか。

福井晴敏《ふくいはるとし》とノンフィクションが坂上泉を作った

若林　坂上さんといえば、『インビジブル』（文春文庫）や『渚《なぎさ》の螢火《けいか》』（双葉社）といった警察小説の書き手のイメージが強いですが、実際にデビュー前はどのような本を読んでいたのですか？

坂上　実を言うと、小説にどっぷり浸《つ》かっていたタイプの人間ではなかったです。なかでもミステリはそんなに読んでいなかった……と最近まで思っていたんですが、思い返すと結構読んでいたかも。小学校の頃はシャーロック・ホームズ物語や、赤川次郎《あかがわじろう》さんの〈三毛猫《みけねこ》ホームズ〉シリーズを読んでいましたし、中学に入った頃は西村京太郎《にしむらきょうたろう》さんの〈十津川《とつがわ》警部〉シリーズは読んでいたっけ。

若林　中学生で〈十津川警部〉シリーズとは、ずいぶんと渋いセレクトですね。

坂上　とはいえ、何だかんだで一番読んでいたのはライトノベルですね。電撃文庫が全盛期を迎えていた頃で、アニメ化などのメディアミックスが盛り上がっていた時に自分でも書いて電撃小説大賞に応募しました。

若林　それはいつ頃のことですか？

坂上　中学二年生か三年生の頃ですね。一次選考で落ちたんですが、その時に銀賞を受賞したのが支倉凍砂《はせくらいすな》さんの『狼《おおかみ》と香辛料《こうしんりょう》』（電撃文庫）。『狼と香辛料』と勝負する年だったんだから落選したのも仕様がないか」って、今では思っています（笑）。

若林　ライトノベル以外で大人向けのミステリなどは読んでいなかったのですか？

坂上　いや、読んでいましたよ。一番好きだったのは福井晴敏さんですね。中学・高校時代に『亡国《ぼうこく》のイージス』（講談社文庫）などを読んで、そこからエスピオナージュや謀略小説を好んで読むようになりましたね。ちょうど私が中高校生くらいの時に、男の子と女の子が世界の存亡を握るような状況に放り込まれてしまう、いわゆる〝セカイ系〟と呼ばれる類いの作品が流行《はや》っていたと思いますが、福井晴敏さんの作品にはそれに近いものを感じたんですね。

若林　『終戦《しゅうせん》のローレライ』（講談社文庫）などは、確かに〝セカイ系〟と親和性がある設定が使われている気がします。福井さんの小説以外で嵌《は》まっていた作品はありますか？

坂上　小説以外ではノンフィクションが好きでした。正直に言って、今の歴史警察小説を書く上で影響を受けたのは、小説よりノンフィクションかもしれません。

若林　どんなノンフィクション作品を読んでいたんですか？

坂上　報道カメラマンの宮嶋茂樹《みやじましげき》さんや立花隆《たちばなたかし》さんの著作などを、高校から大学にかけてよく読んでいましたね。最も興味を惹《ひ》かれたのは下山《しもやま》事件を題材にしたもので、森達也《もりたつや》さんや柴田哲孝《しばたてつたか》さんの著作はもう大好き。あとは大学で加藤陽子《かとうようこ》さんのゼミに入っていた時に松本清張《まつもとせいちょう》の〈昭和史発掘《しょうわしはっくつ》〉シリーズを教材に使っていて、それも楽しんで読んでいた記憶があります。近現代のノンフィクションを読み漁ったことが私の中の読書体験としては強烈だったので、その影響はやっぱり今でもありますね。実は『インビジブル』を書いたきっかけになったのも、下山事件関連の本を読んでいたことだったりします。

若林　えっ、そうなんですか？

坂上　ある著作に「東京警視庁」という表現が出てきたんですが、その注釈に「当時は大阪にも警視庁があったため」と書かれていたんです。そこから後に「大阪にも警視庁があったのだから、その時の話を書こうか」ということで『インビジブル』の執筆に繫《つな》がったのです。

若林　先ほど中学時代に一度、ライトノベルの賞に応募されたとお話しされていましたが、本格的に小説家を目指そうと思ったのはいつ頃のことでしょうか？

坂上　社会人になって会社に入ってから、しばらく忙しい日々が続いたんですが、部署異動で幾分か時間が出来た時があったんです。その時に「じゃあ、小説家養成講座にでも通ってみるか」と思い立ったんです。昔、電撃小説大賞に応募したこともあるし、もう一度小説を書いてみようかと。そこに通っているうちに、小説家として本気でデビューしたい気持ちが高まってきたという感じですね。

若林　養成講座に通っていた頃は、どのような作品を書いていたんですか？

坂上　実は最初に『渚の螢火』の原型となるプロットを書いていたんですよ、琉球《りゅうきゅう》警察を題材にした捜査小説を。これはなかなか良い評価を受けたんですけど、「これ以外にも、もっとプロットを提出してくれませんか」と言われたので、「警察もの以外で用意するのならば、どのような題材でプロットを書こうかな」とちょっと悩んだんです。そこで考えたのが西南戦争における大阪の士族のお話でした。大学で日本史を専攻していたので、自分の得意分野で何か面白い題材が無いかと探していた時に、最初に提出したものとは少し毛色の違うものにチャレンジしてみようかと思ったんです。それが後にデビュー作となる『へぼ侍《ざむらい》』だったんです。

若林　じゃあ、もともと警察小説は書かれていたということですか。

坂上　はい。歴史小説でデビューして後に警察小説に転身した、みたいに思われるかもしれませんが、実は『へぼ侍』の方が自分の中では本流にはなっていないんですよ。でも、そっちの方が養成講座では妙に受けて、「それでぜひ書いてみてください」と勧められるがままに書いてみると、これが書けてしまった。さて、じゃあどこの新人賞に応募しましょうかね、と相談すると、「長編のエンタメ小説、それも歴史ものであったら松本清張賞はどうでしょうか？」とアドバイスをいただき、送ったんです。当時は「まあ、落ちても『オール讀物《よみもの》』に名前が載るぐらいだったらOKかな」程度に考えていたのですが、蓋を開けたら受賞してしまい自分でも吃驚《びっくり》してしまいました。

警察小説・冒険小説の系譜は
ここに根付いている

若林　あれ、でも先ほどから読書遍歴を伺っていても、あまり警察小説のタイトルが出てきませんね。

坂上　いやいや！　そんなことは無いです。確かに警察小説もバリバリ読んでいましたよ。ざっと挙げると今野敏《こんのびん》さんの〈隠蔽捜査《いんぺいそうさ》〉シリーズ、佐々木譲《ささきじょう》さんの〈道警《どうけい》〉シリーズや横山秀夫《よこやまひでお》さんの諸作品。横山さんの場合は短編はもちろん、『半落《はんお》ち』（講談社文庫）などの長編作品も好き。警察ものではありませんが、『クライマーズ・ハイ』（文春文庫）なんかもお気に入りです。

若林　横山さんの短編や〈隠蔽捜査〉、〈道警〉シリーズなどは、九〇年代後半から二〇〇〇年代にかけて起こった警察小説ブームを牽引する作品ですよね。ひところに比べて警察小説ブームも落ち着きましたが、でもブームの影響によって後続作家にきちんと警察小説のバトンは渡されていたのだと、坂上さんのお話を聞いて思いました。

『インビジブル』と『渚の螢火』で使われている捜査小説としての堅牢《けんろう》なプロットは、それこそ佐々木さんの〈道警〉シリーズから影響を受けている部分も多いのかな、と思ったのですが、いかがでしょうか？

坂上　ご指摘の通り、強い影響を受けています。特に『渚の螢火』を書く際に意識したのは『笑《わら》う警官《けいかん》』（ハルキ文庫）ですね。〈道警〉シリーズの第一作である同作では、北海道警で起こった実際の不祥事をモチーフにして、組織から外れてチームを結成した警官たちが頑張る話が描かれています。『渚の螢火』は沖縄返還時の円ドル交換を狙ってドル札が盗まれた事件を、本土復帰の五月十五日の期限までに解決するというお話ですが、その捜査チームというのが極秘裏に集められた非正規の部隊なんですよね。つまり、物語の大枠が『笑う警官』と一緒なんですよ。

若林　『渚の螢火』は事件をある期限までに解決しなければならないという、任務遂行型の冒険小説のプロットが使われた作品でもあります。〈道警〉シリーズの佐々木さんは冒険小説でも数々の傑作を残している作家さんですが、そうした冒険小説の骨法まで受け継いでいることに坂上さんの特長があると私は思っています。いっぽうで、横山秀夫作品からの影響はどのあたりに出ているのかな、というのが気になるところです。

坂上　そうですね……横山さんの作品については、警察小説としての観点から自分は好きになったのか、と言われると、ちょっと違うのかなという気がしています。もちろん、謎解きや捜査の場面について感心する部分も多いのですが、自分の中ではどちらかというと組織にいる人間の悲哀の描き方として共感するところが多かったから嵌まったのではないかと。

小説の取材で警察関係者の方々にお話を伺う機会が度々あるのですが、その中で「横山秀夫さんは警察内部の人間のことを本当に理解してくれて小説を書いている」って言われた方がいらっしゃいました。そして、組織の中の個人、という描き方でいえば、それは警察関係者に限らずどの職業にも当て嵌まることなので、ある意味で横山さんは普遍的なことを書いていらっしゃるのだと思います。私自身、サラリーマンですので、組織で働く者の悲哀というのは痛いほどによく分かる。『インビジブル』も実はそういう組織と個人の軋轢《あつれき》を描いた小説でもありますよね。自治体警察と国家地方警察の対立する狭間で悩む警官、という構図はおそらく横山作品からの影響が根底にあると思っています。

若林　横山秀夫さんの作品には二つの評価ポイントがあると思っていて、一つは坂上さんの仰《おつしや》ったような警察内部のパワーバランスなど組織対個人の姿をリアルに描いたこと。もう一つは、これは短編に顕著ですが、尖《とが》ったワンアイディアを使った謎解き小説としての醍醐味《だいごみ》。今回のお話ですと、割と前者に寄った評価軸で坂上さんは横山作品を鑑賞していて、あまり謎解きや捜査の側面には重きを置かなかったのではないかと。

坂上　もちろん、謎解きや捜査の部分も評価はしていますし、模範とすべき点がいっぱいあるんですけれどね。個人的には『インビジブル』は人情に寄り添った時代小説として書いたつもりだったのですが、実際に評判を伺うと捜査ものとしての完成度を高く評価していただいたようで、非常に嬉《うれ》しい半面、かなり驚きや戸惑いがあった部分も大きいです。自分としては、やはり横山さんのような人間感情の機微や、組織の中で生きることの厳しさのようなものが滲《にじ》み出る小説を書きたかったので、謎解きや捜査の部分で評価をいただけるとは予想外でした。

若林　逆にその部分が面白いですよね。確かに横山さんの作品は純然たる捜査ものの小説としてだけではなく、一種のサラリーマン小説のような興趣があって、それがコアなミステリ読者以外にも多くの人の心を摑《つか》んだことは否定できないでしょう。坂上さんの場合もその部分に影響を受けつつ、実際にご自身が書かれたものは割とストレートな捜査もので、しかもその部分がどちらかというと評価されるという捻《ね》じれがある。ただ、それも佐々木さんの〈道警〉シリーズといった別の警察小説の名作が素地にあるからこそ、捜査のパートもしっかり書くことが出来たのではないか、と私は捉えています。その意味では、二〇〇〇年代警察小説のブームを牽引した作家や作品のハイブリッドとして、実は坂上さんの小説はアウトプットされたのではないかと思いました。

坂上　横山さんを始め、警察小説ブームの最中で活躍された作家さんの影響って、表に出ていないだけで実は色々な作家さんがフォロワーとして存在して、知らず知らずのうち、その影響を色濃く作品に反映している作家さんは多いのかもしれませんね。

例えば柚月裕子《ゆづきゆうこ》さんは、今でこそ〈孤狼《ころう》の血《ち》〉シリーズなどで現代任侠《にんきょう》小説の書き手として認知されていると思いますが、あの方も横山秀夫さんを最も尊敬する作家さんの一人として挙げていらっしゃいますよね。確かに〈孤狼の血〉シリーズは暴力団を題材にした作品ではあるのだけれど、組織と個人の在り方を描いた作品という意味では、どこかで横山さんの警察小説と繋がる部分はあるのかもしれない。こういう風に、ストレートな警察小説は書いていないけれど、目には見えない形で影響を受けた作家さんは多いと思いますよ。

若林　私は横山さんの警察小説がもたらしたものは、実は〝お仕事小説〟の隆盛にも繋がっているのではないかと思っているんです。つまり警察内部でも刑事畑以外の職務に就く人間を主人公に配したことで、「ふだん垣間見ることのない職業の裏側にスポットを当てる」面白さが生まれ、後にそれを主眼とした小説が多く書かれて〝お仕事小説〟のブームに繋がったのではないかと。

ただ、坂上さんのお話を伺っていると、警察小説以外のミステリで活躍されている作家さんの作品にも隠れているだけで影響はあるのかもしれませんね。ちょっと興味深いので、追っかけてみたい気になりました。

ところで、『インビジブル』には、組織小説や人情時代小説の要素の他に、バディものの趣向が使われていますよね。実は『渚の螢火』でも対照的な二人の刑事が登場して、最初はぶつかり合いながら次第に関係性を築いていく過程が描かれています。坂上さんがバディものを描くにあたって参考にした作品や影響を受けた作品はありますか？

坂上　バディものはそれこそ様々な作例がありますので、すぐさま「これです！」という作品が思い浮かばないんですよね。『渚の螢火』については先ほど申し上げた通り、非正規でチームを組んで動くという部分に力点をどちらかといえば置いているので、その意味ではやはり佐々木譲さんの〈道警〉シリーズから一番影響を受けている、と言うべきでしょうか。

あ、ただし『インビジブル』には、対照的な人物二人を中心に置いて、それで物語を回していこうという意識が強かったことは事実です。東京出身と大阪出身、エリートと現場たたき上げという凸凹《でこぼこ》コンビを配することで、当時の時代背景や組織の在り方を浮かび上がらせようという意図はあった。ちょっと、それぞれのキャラクターがとっ散らかってしまった印象はありますが。

若林　立場の異なる人物を視点に置くことで、その時代の社会の有り様を俯瞰《ふかん》して観察しようという、全体小説としての役割も『インビジブル』にはあったと思います。

坂上　仰る通り、まさにそういった効果を意識してバディものの要素を描きました。ちょっと言い方は乱暴になってしまうかもしれませんが、『インビジブル』の主役二人は、若林さんの仰るところの全体小説として物語を仕上げるために、装置として用意したキャラクターです。当時の警察の二重体制や、それが統合される時の軋轢などを多角的な視点で描き出すことをしたかった。だからこそ、複数の視点が必要だったんです。いわば描きたい物語の形が決まった後で、必要に応じて生まれたキャラクターですよね。

若林　全体小説としての物語を描きたかった、という点では、先ほど名前が挙がった佐々木譲さんの影響もあるのかな、と感じました。警察小説の金字塔である〈刑事《けいじ》マルティン・ベック〉シリーズを範とする〈道警〉シリーズはもちろん、日露戦争に負けた日本を舞台にした歴史改変ものの警察小説である『抵抗《ていこう》都市《とし》』（集英社文庫）『偽装同盟《ぎそうどうめい》』（集英社）などでも、その社会がどのように移り変わっていくのかというダイナミックな視点を持って捜査小説のシリーズを書き続けている。『インビジブル』にも同じ志を感じました。

坂上　私の認識ですと、警察官というのは社会の矛盾が表出した時に真っ先にそれと対峙《たいじ》しなくてはならない、公務員組織の中で最前線にいる人たちのことなんですよ。かつては警察が保健所のような業務を担っていたこともあれば、消防業務のような役割を任されていた歴史もある。今は役目がどんどん分化していますが、結局すべての公務員組織のベースが警察にあったという背景があります。だからこそ警察組織というのは、社会を映す鏡としては最適な組織であると私は思っています。さらにいえば、同じ組織の中でもノンキャリアで現場で経験を積みながら警察人生を送っている人もいれば、東大卒キャリアのエリートまで、様々な立場の人間が所属している。つまり、あらゆる物語の視点がこの組織に詰まっているということです。社会を描くのに、これほど最適なモチーフとなる組織は無いでしょう。特に昭和二十九年の大阪や、本土返還直前の沖縄のような時代の混乱期を描き出すのであれば、警察官ほど社会を見渡す目として機能してくれるものはありません。

もともとは謀略小説色が強かった『渚の螢火』

若林　『渚の螢火』はデビューから数えて三作目の長編作品ですが、実はデビューに先んじて書いていた小説だったことは先ほど語っていただきました。本土復帰直前の沖縄が舞台、という点にまず惹かれますが、この舞台を選ぼうと思ったきっかけは何ですか？

坂上　これは沖縄県警の前身である琉球警察を題材にした作品を書いてみたいという気持ちがまずあったんですね。太平洋戦争に日本が敗れた後、アメリカという占領者がすぐそばにいる中で、琉球の警察は非常に複雑な立場に置かれていました。日本の警察組織の歴史を辿《たど》っても、これほど難しい境遇にあった組織は無かったと言えるくらいです。これを題材にして何か書けないかな、と考え始めて次に思い付いたのが「じゃあ、本土復帰直前に何かとんでもない事態が起きると物語が弾むのではないか」ということです。では、そのとんでもない事態って何だ、ということをさらに突き詰めて出てきたのが、ドルから円に切り替わる話です。

話はちょっと変わりますが、昔ダニー・ボ

イル監督の映画で『ミリオンズ』という作品がありました。映画の中では十二日後にイギリスの貨幣がポンドからユーロに変わるという架空の設定があって、物語はユーロに切り替わる直前に小学生の兄弟がポンド札がいっぱいに詰まったボストンバッグを見つけたために、その処遇をどうしようか悩む、というお話です。『渚の螢火』のプロットを練っていたところでその映画の存在を思い出し、「だったらこれを本土復帰前の沖縄に持ってきたらどういう物語が書けるのだろう」というところまで考えました。ドルから円に切り替わる際、そのドルが大量に盗まれる。その窃盗犯を琉球警察が捜査するが、当然タイムリミットは返還日の五月十五日に設定される。そういう形で『渚の螢火』という作品は作り上げていきましたね。

若林　先ほど私は『渚の螢火』には時限付き任務遂行型の冒険小説の骨法が使われていることをお話ししました。これ以外にも、もともと政治的な背景が強い極秘捜査であるという、謀略小説の要素も加えられています。読書歴をお話しいただいた際に福井晴敏さんの作品をきっかけに謀略小説に嵌まったと仰っていましたが、ここはご自身の好きな要素を盛り込まれたのだな、と。この謀略小説の要素は、もともとから入れ込む予定だったのですか？

坂上　はい、もちろん盛り込んでいました。というより、むしろ『渚の螢火』については最初に作ったプロットの方がエスピオナージュの色合いが強かったですね。もっと本土の公安警察が前面に出てきたり、アメリカの諜報機関であるＣＩＡが絡んできたり、さらには米軍の諜報機関が登場したりと、もう完全に謀略小説ですね。はっきり言ってしまえば、坂上なりの福井晴敏ワールドを描きたかったんです（笑）。ただ、いざ自分でエスピオナージュを書こうと思って手を動かしてみると、あまりにもとっ散らかった物語になってしまって収拾がつかなくなったんです。小説家養成講座の指導者からは「要素を詰め込み過ぎて整理できていませんね」という指摘を受けました。そこで今度は警察捜査ものをきちんと柱に据えて、よりスリムなプロットにして書いたんです。それが現在の『渚の螢火』の形に繋がったという次第です。

若林　捜査もののプロットに絞ることで、すっきりとした形に物語を整えることが出来たんですね。

坂上　そうですね。公安刑事ものは、いわゆる事件捜査ものと少し異なる書き方をしなくてはいけない部分があって。例えば、犯人を追い詰めていざ逮捕という瞬間になっても、「こいつを逮捕したら、どういう政治力学が働いて物語は動いていくのだろう」ということを計算しながら書かなければ、リアリティの面で大きな矛盾が生じる場合があるんです。それを調整していくのが、公安ものは本当に難しい。『インビジブル』にしても終戦間もない頃のお話ですので、政治的な背景と刑事たちが現場で行う判断のすり合わせに悩みながら書いていた記憶があります。

若林　いや、でもその判断は正しかったと思いますよ。『渚の螢火』は三百頁《ページ》ちょっとの長さなので、長編小説としては比較的コンパクトな部類に入る作品だとは思うんです。でも、その中に警察捜査ものの要素があり、謀略ものの要素があり、さらにはアクションの要素がありと、それこそ色々な要素がてんこ盛り。でも、小説家養成講座で指摘されたようなー「詰め込み過ぎて整理できていない」印象は全く受けません。これも、警察捜査ものとしての芯を一本通しているからで、整理された道の上に物語を盛り上げるための場面を置いていく形で書いたから綺麗《きれい》にまとまったのだと思います。

坂上　純然たる謀略小説として書くことには失敗しましたが、『渚の螢火』については福井晴敏ワールドに挑戦したいという思いは捨てきれなかったので、絶対に物語のどこかでアクションシーンを入れようとは考えていました。本土復帰前の沖縄というのは、アメリカ占領下のため右側通行でアメ車がいっぱい横切るんです。そこに米軍車両も走っているわけだから、これはもう、カーチェイスするしかないじゃないですか！

若林　確かに、アクション映画好きとしては滾《たぎ》るシチュエーションですよね（笑）。くだんのカーチェイス場面は、〈大都会《だいとかい》〉シリーズや〈西部警察《せいぶけいさつ》〉シリーズといった、往年の刑事ドラマを連想させられました。

坂上　こういう舞台があって、こういうシチュエーションがあったら、「よし、書いてしまえ！」というノリで書いてしまうじゃないですか。いや、真面目な話、「これを書いたら、絶対に盛り上がるだろうな」ということは、もう勢いに任せて書いて良いと思うんですよ。

目指すは〈大阪三部作〉の完成だ

若林　今のところ、警察小説として『インビジブル』と『渚の螢火』の二作を書かれていますが、どちらかをシリーズ化したり、あるいは新たなシリーズを書いたりする予定は無いのでしょうか。

なぜこんな質問をするのかというと、先ほどから名前が挙がっている佐々木譲さんや今野敏さんも、長期的に続いているシリーズを書かれていらっしゃる。そのシリーズの中で登場人物たちの変化とともに、組織や社会の移ろいを描いているわけで、いわゆる警察小説の形式を借りて大河小説の執筆に取り組んでいるともいえます。

坂上さんの場合、昭和の重要な転換点に起きた出来事を題材に取っているのだから、そういったクロニクルの形式で描くことにも関心を持っていておかしくはないな、と思うんです。それこそ佐々木譲さんの『警官《けいかん》の血《ち》』（新潮文庫）のように、何世代かにわたる絵巻物として戦後大阪や沖縄の歴史を紡いでいっても面白いんじゃないかと。

坂上　おお、なるほど。実を言いますと、警察小説のシリーズとは違うのですが、〈大阪三部作〉の構想はあるんですよ。もっといってしまうと、三部作のうち二作はもう書いている状態でして。

若林　ひょっとすると『へぼ侍』が第一部、『インビジブル』が第二部という構成になっているのですか？

坂上　はい、実はそうなんです。つまり『へぼ侍』と『インビジブル』は、自分の中では同じ系列に属する作品なんですよ。読み返していただけると分かると思うのですが、実は両作品にはちょっとした繋がりがあるんですよね。第一部に当たる『へぼ侍』で近代大阪の始まりである明治一〇年から戦前までの光景を描きました。ついで第二部に相当する『インビジブル』では終戦直後を舞台にして、復興へと歩み始める大阪の姿を描こうと思いました。

若林　となると、次の三部作で描かれる時代と出来事というのは……。

坂上　一九七〇年の大阪万博ですね。これだけはどうしても描きたいと思っています。実は「ここまでに第三部に当たる作品は出したい」というリミットがあるんですよ。『渚の螢火』も、本土復帰五〇周年の二〇二二年五月には出さねばという形で何とか間に合わせたのですが、大阪もの第三部については、次の大阪万博が開催される二〇二五年までには出したいんです。

若林　それは警察小説ではないけれど、ミステリではあるのでしょうか？

坂上　うーん、少なくとも警察小説にはしないつもりですが、何らかのミステリの要素がある万博の話にはしたいかな。今はまだ何も固まっていないので、ここでお伝えすることは出来ないんですが。

若林　大阪クロニクルトリロジーか。芦辺《あしべ》拓《たく》さんは『大鞠《おおまり》家《け》殺人《さつじん》事件《じけん》』（東京創元社）で戦下の大阪文化を描いていましたが、ぜひとも坂上さんには三部作にチャレンジしてもらいたいです。

坂上　そうですね。大阪の経済圏や文化圏は近代であれだけの発展を遂げたにも拘《かか》わらず、なぜ現代のような姿になってしまったのか、ということに非常に関心があるんです。そういう現在に繋がるような問題意識を炙《あぶ》り出せる三部作を完成させたいと思っています。

（二〇二二・九・四　於／オンライン）

坂上 泉 | 著作リスト

へぼ侍（文藝春秋・文春文庫）
インビジブル（文藝春秋・文春文庫）
渚の螢火（双葉社）

坂上 泉（さかがみ・いずみ）

1990年、兵庫県生まれ。2019年、「明治大阪へぼ侍 西南戦役遊撃壮兵実記」で第26回松本清張賞を受賞。同作を改題した『へぼ侍』でデビューし、'20年に第９回日本歴史時代作家協会賞新人賞を受賞する。'21年、第２長編『インビジブル』で第23回大藪春彦賞、第74回日本推理作家協会賞長編及び連作短編集部門を受賞。

井上真偽

INOUE MAGI

**「自分が拘っているのは
ミステリを書く事ではなく、
ダイナミックに動く
物語を書く事」**

井上真偽といえば、〈その可能性はすでに考えた〉シリーズや『探偵が早すぎる』など、奇矯な探偵キャラクターを主軸とした奇抜な物語を得意とする作家というイメージがこれまで強かった。そんな中で刊行された『ムシカ　鎮虫譜』は衝撃的だった。これまでの印象を覆すようなホラーパニックものであり、正統的な青春群像劇でもあったのだ。『ムシカ』執筆までに至る道のりを聞いていくうちに、ミステリという枠に囚われない井上真偽の姿が見えてきた。

デビュー前はスパイファミリーものを書いていた

若林　井上《いのうえ》さんは〈その可能性《かのうせい》はすでに考《かんが》えた〉シリーズなど、謎解きの技巧を凝らした作品の書き手というイメージが強いのですが、実はデビュー前、それほどミステリを読んでいなかったんですよね？

井上　はい、そうなんです。シャーロック・ホームズのシリーズやアガサ・クリスティの作品は家にあったので読んでいましたが、いわゆる本格謎解きミステリと呼ばれるタイプの物語をバリバリ読んでいたのかというと、そうではありませんでした。

謎解き小説を読んでいても、トリックやロジックよりも探偵役のキャラクターに惹《ひ》かれて読んでいた傾向が強いです。だから大学のミステリ研究会に所属している人たちのように「クイーン作品のロジックが」とか「カー作品のトリックが」みたいな観点で作品を楽しんでいなかったんです。そもそもクイーンやカーの作品は作家デビューした後に読みましたし。

若林　ミステリ以外ですと、どのようなジャンルの小説がお好きだったんですか？

井上　J・R・R・トールキンの『指輪物語《ゆびわものがたり》』（評論社文庫）や、〈ダレン・シャン〉シリーズなどの大河ファンタジー小説が好きでした。まず作り込まれた世界観があって、その中に個性的なキャラクターが大勢出てきて、喜怒哀楽を味わいつつ困難を乗り越えながら皆で一つの目的を達成していく。そういうタイプの物語が自分は好きだったんですよね。そういう物語の漫画やゲームを書いたり作ったりしていた時期もありましたが、小説という表現形式が自分が一番読みたい物語を生み出すのに向いているのかな、と思い、小説家を目指したんです。ちなみにデビュー前はジャンルを限定せず、すばる文学賞や太宰治《だざいおさむ》賞などにも送っていました。

若林　デビュー作で謎解きミステリを書こうと思ったきっかけは何だったのですか？

井上　メフィスト賞に応募しようと思ったからです。応募先候補の一つにメフィスト賞があったのですが、「メフィスト賞に応募するのであれば、やっぱりミステリだよね」と思い、謎解きミステリを書いて送ってみたんです。メフィスト賞には二回応募していまして、一回目に送った際はスパイっぽいことをする家族が出てくるホームコメディ小説でした。

若林　某人気漫画を先取りしているじゃないですか。

井上　そうなんですよ！　何であれを拾ってくれなかったのかな、メフィスト賞は(笑)。それはともかく、そのスパイものがメフィスト賞恒例の編集者座談会で取り上げられたんですね。その時は手厳しい評価を受けたものの、「座談会で取り上げられたのであれば、少なくともメフィスト賞と相性はいいのかな」と思ったんです。それでメフィスト賞のことを調べていくと、謎解き要素を含んだミステリが受賞していることに気が付いて、「じゃあ、謎解きミステリに挑戦してみようか」と決めたんです。

若林　ミステリを漁《あさ》って読んできた側からすると、メフィスト賞はジャンルのボーダーが無いというか、謎解き一辺倒というイメージでも無い気がするんですよね。むしろ謎解き小説のコードを破壊しようという作品の方が強烈なインパクトを放っていることもあります。井上さんから見て、特にどのあたりから「謎解きミステリに強い賞」であるという印象を受けたのでしょうか？

井上　うーん、特にどの作品や作家さんが、というわけでもないんですよね。メフィスト賞って、もともと京極夏彦《きょうごくなつひこ》さんが原稿を持ち込んでデビューされたのがきっかけで生まれた賞じゃないですか。その後に森博嗣《もりひろし》さんが『すべてがFになる』（講談社文庫）で第一回メフィスト賞を受賞されている。私としてはメフィスト賞といえばそのラインで、そのあたりで「探偵役が謎を解く物語が受賞する」イメージが強いんですよ。あとは西尾維新《にしおいしん》さんもデビュー作『クビキリサイクル　青色《あおいろ》サヴァンと戯言遣《ざれごとつか》い』（講談社文庫）はストレートな謎解きミステリですし、編集者座談会を読んでいても「これはミステリとして〜」みたいな物差しで評価されることが多い気がします。だから自分の中ではメフィスト賞＝謎解きミステリの賞というイメージがやっぱり強いんですよね。

本当はアンパンマンのような
キャラクターを作りたいんだ

若林　第五十一回メフィスト賞受賞作である『恋《こい》と禁忌《きんき》の述語論理《プレディケット》』（講談社文庫）は、探偵役が行った推理を検証する別の探偵役が登場する、というお話です。先ほどデビュー前にエラリー・クイーンを読んでいなかったと仰《おっしゃ》っていましたが、これはクイーンばりにロジカルな推理が繰り出される作品ですよね。

井上　いやあ、でも正直に申しますと、本当にクイーンのような謎解き小説を読んで学びながら書いたという感じでした。たとえば、あるトリックを作中に入れようと思って、じゃあそのトリックの作例を調べると、その膨大さに吃驚《びっくり》するんです。「こんなに様々なミステリ作家さんがいるのか」と。今村昌弘《いまむらまさひろ》さんのインタビューを拝見した時に思ったのは「ああ、何だか自分とデビュー時の状態は似ているな」ということです。

若林　確かに今村さんがこのイベントのゲストで出演された時も「自分はデビュー前はほとんど意識してミステリを読んだことが無かった」と仰っていましたね。

井上　正直言うと、自分の場合はデビュー当時、ちょっとミステリを知っている雰囲気を醸し出してしまったんですけど（笑）。今村さんはデビュー時からも「よく知りませんでした」ときっぱり言われていたので、「自分も最初から素直に言っておけばよかったかなあ」などと思ってしまいました。

若林　でも、「他人の推理を検証する探偵」というキャラクター自体、コアな謎解きファンに刺さりそうな設定ですよね。そもそも、こういうキャラクターはどこから着想したのでしょうか？

井上　メフィスト賞出身の作家さんはそれぞれ個性的で、「これがこの作家さんの強みである」ということがはっきり言える方が多いと感じています。その中で「自分が使える武器は何だろう」と思った時に、自分は理系出身なので数理論理学を応用してミステリを書いてみようと思い至ったんです。

ただ、数理論理学を題材として、そっくりそのまま事件の謎解きに絡める形で描くことは難しかったんです。だから、視点を少し変えて「推理を検証する探偵」というキャラクターを立ててみようかと考えました。

ちょっと混乱してしまう方もいるかもしれませんが、「何かをすること・生み出すプロセス」と、それを「検証するプロセス」は工学的には別のものとして捉えます。工場に例えるならば、探偵が推理を行うのは「生産のプロセス」で、そこで生み出された推理がちゃんと正しい要件を満たしているのか検証するのが、「品質管理のプロセス」。その「品質管理」を数理論理学で行っている、というイメージです。

若林　でも、一度提示された推理が検証されて、新たな推理が提示されるという展開自体は作例があるので、最初はそういう先例を意識した作品なのかな、と思いました。

井上　ああ、なるほど。書いた時は謎解き小説をそれほど読んでいなかったので、そういう作例があることを当時は知らなかったのですが、確かに近い部分はあるかもしれませんね。

ただ、若林さんの仰るような作例は、けっきょく違う人間同士がそれぞれの立場から推理を吟味し合う、みたいなことですよね。『恋と禁忌の述語論理』はそうではなくて、誰がやっても同じ手順を踏めば検証できるという、標準化や再現性の話を推理小説に持ち込みたいというのが発想元にあるんです。

若林　そういう学問の発想からキャラクターが生まれ、推理の描き方が生まれていく行程が興味深いです。もう一点、デビュー作については ラブコメ的な要素が強いですよね。いわゆるライトノベルに登場するようなキャラクターの書き方をされていて、デビュー以前にはそちらのジャンルもよく読まれていたのかな、と思いました。

井上　はい。基本的にライトノベルや漫画もよく読みます。あと、同じメフィスト賞作家さんで言うと、やはり西尾維新さんのキャラクターが交わす会話劇が非常に好きなので、その影響も強いと思います。

　これはあくまで自分の感覚ですが、謎解きミステリを書く時はキャラクター描写にあまり分量を割くことが出来ないな、という気がしています。推理の部分を作り込むのにウエイトを置くいっぽうで、登場人物はなるべく分かりやすくキャッチーな色付けをして、それほど描写に拘《こだわ》らなくても読者に伝わりやすい感じには描いています。デビュー作でいえば、花屋さんの可愛《かわい》い店員さんや、変わったビジネスコンサル的な知識を持つ一人称が〝俺〟の女性探偵などがそうでしょうか。

　あと、自分の作品はけっこう登場人物が多いので、上手《うま》く描き分けないと、誰が何を喋《しゃべ》っているのか分からない状況になってしまう時があるんです。ですから、そこは話の分かりやすさを重視するために、敢《あ》えて過剰に感じるくらいにキャラ付けをしているところはあります。

若林　ちなみにデビュー作に〈その可能性はすでに考えた〉シリーズで主人公を務めるようになる上苙丞《うえおろじょう》が登場します。彼については、もともと探偵役として一本立ちさせるつもりがあったのでしょうか？　デビュー作に登場する人物の中でも、ひと際異彩を放っていて、書く側の気合も入っているなと感じたのですが。

井上　いやあ、一作限りのキャラクターとして描いたのでシリーズ化などは全く考えていませんでしたね。今から思えば、逆に使い捨てのキャラクターだったからこそ、あそこまで振り切った設定で書くことが出来たのではないでしょうか。そうですね、出し惜しみはしないですね。だって、上苙丞って出オチみたいなキャラクターだったじゃないですか。「奇蹟《きせき》を証明するために探偵を生業《なりわい》としている」なんて。これはもう、あの作品のみで暴れさせておしまい、くらいに思わないと書けなかったと思います。

若林　上苙丞はどういう発想で生まれたんですか?

井上　『恋と禁忌の述語論理』の三話目で様相論理という、可能性を扱う論理を題材にしようと考えた時です。この論理をどのようにして小説にしようかと思案している時、ふとシャーロック・ホームズの「不可能を消去して、最後に残ったものが如何に奇妙なことであっても、それが真実となる」という有名な台詞《せりふ》が思い浮かんだんです。でも、これをこのまま実践するのでは面白味が無いな、と。だったら、出てくる推理をすべて否定してしまう展開はどうだろうか、というのが次に辿《たど》り着いた思考で、そこからさらに「奇蹟を証明する探偵」という設定が誕生したんです。ですから、上苙丞は本当に様相論理という話を成り立たせるためだけに作ったキャラクターだったんですよ。

彼の相棒を中国人にしたのは、探偵が奇蹟を証明したいキャラクターだったからです。奇蹟と一番遠い人物は誰だろう、と考えた時に神を信じない、いわゆる無神論者ではないかと思い至り、そこから神が一切存在しない共産主義を連想して相棒を中国人にした、という次第です。

そういう感じで、一つの発想が連鎖してスムーズに決まったキャラクターではありますが、シリーズ化しようなどとは全く考えていませんでした。数理論理学には時間を扱う時相論理や、矛盾した論理を扱う矛盾許容論理など様々なタイプの論理があるんですね。だから、デビュー作が好評であれば、同じく数理論理学を題材にした連作を二作目以降も続けていきたいな、と思っていたんです。ところが、デビュー作の評判があまり芳《かんば》しくなく……。数理論理学をシリーズ化するのは難しい、という判断に至った際に「では二作目は何を書こうか」と迷ってしまったんです。

最初は第一話に出てくる花屋さんを主人公にすることも考えたのですが、デビュー作の中で登場するキャラクターの中で一番目立っているのは誰だろう、と改めて検討した際に「ここはやっぱり上苙丞かな」という結論に至り、彼を主役にした『その可能性はすでに考えた』（講談社文庫）を書いたという経緯があります。

若林　今思ったのですが、ご自身でキャラクターが際立っていると認識されていた上苙丞が主人公の〈その可能性はすでに考えた〉シリーズは今のところ二作だけ。ドラマ化された『探偵《たんてい》が早《はや》すぎる』も一作でストップ。つまり、井上さんはシリーズキャラクターを据えた連作をあまり書いておられないんですよね。先ほどの上苙丞を使い捨てのつもりで書いていた、というところも踏まえると、井上さんは同じキャラクターを描き続けることに、それほど拘っていないのではないかと思うのですが。

井上　いやあ、真逆です。むしろ自分がやりたいのは、それこそアンパンマンみたいに時代を超えて永く愛されるキャラクターを作り上げることなんです。編集者には〈ハリー・ポッター〉のような物語を作りたいと、常日頃から伝えています。みんなに愛されるキャラクター、愛される世界観を作って、何十作もシリーズを書いていくのが自分の理想です。

　でも……シリーズ化しようと思っても続けられないんですよね。『その可能性はすでに考えた』を続けられなかったのは、単純に書き続けるのがきつかったから。ここで申し上げておくと、実は〈その可能性はすでに考えた〉のシリーズも三作目の構想はあるんですよ。タイトルも決まっているし、それどころか核となる大ネタも決まっているんです。ただ……あれを今から書き上げるのは、ちょっと気力が足りないです。非常に有難いことに、『その可能性はすでに考えた』がロングセラーになって細々と売れていまして、応援していただいている読者の方々にはいつか三作目をお届けしたいのですが、まだそこまでモチベーションを持っていくのはなかなか難しいですね。

若林　確かにあれだけ複雑に推理を積み重ねていく物語をシリーズ化して書き続けるのは、根気がいりますよね。ところで〈その可能性はすでに考えた〉シリーズは、いわゆる多重解決の趣向を使った作品ですが、この趣向を描く上で参考にした作品はありますでしょうか？

井上　ゲームの〈逆転裁判《ぎゃくてんさいばん》〉シリーズと、円《まど》居挽《いばん》さんの『丸太町《まるたまち》ルヴォワール』（講談社文庫）を参考にしました。これらの作品の共通項は、最初から最後まで推理バトルで構成されていることです。〈その可能性はすでに考えた〉シリーズの登場人物は主人公を始め、皆、荒唐無稽と言って良いようなキャラクターばかりです。それらの人物像を掘り下げて読者に楽しんでもらおうとしても、リアリティの無さゆえにどうしても深掘りが出来ない。だからといって、「奇蹟を証明したい探偵」という設定だけに寄りかかってミステリを書けるのかというと、これもまた難しい。この物語を成立させるには、「探偵が奇蹟を証明する」過程を何とかして面白くするしかない。そこで推理バトルの要素を取り入れて、その過程を徹底的に盛り上げようとしたんです。

若林　円居挽さんが〈新世代ミステリ作家探訪 Season Ⅰ〉にご出演いただいた時、謎・論理・解決という様式に則《のっと》って謎が解かれている過程は、ミステリを読みなれた人間にとっては楽しいかもしれないが、そうでない人間にとっては退屈に見えるのではないか、ということを仰っていました。では、ミステリを読みなれていない人にどうやって謎解きの面白さを伝えようか。そう悩んだ時に円居さんが取った手法が、推理バトルの趣向を取り入れて推理が繰り出されるスピードを速くすることでした。速度を上げることで、読者を退屈させないようにしようというのが『丸太町ルヴォワール』で円居さんがチャレンジしたことです。〈その可能性はすでに考えた〉シリーズも、同じような問題意識で書かれたのではないでしょうか。

井上　それはあるかもしれないですね。自分が読んでいても「これはちょっと苦手かも」とと思う作品の特徴があって、それが「捜査シーンがやたらと長い」もの。捜査の過程が非常に面白く書かれているのならば良いんですが、じれったく書かれているのはちょっと避けたいな、という気持ちが読者の視点に立つとあるんです。

若林　井上さんの作品って、解決に拘るというより、推理の過程に拘るというタイプだと思います。もっと言うと、その推理が物語全体に何をもたらすのかというところに関心があるのではないか、と。例えば『恋と禁忌の述語論理』の第一話はまさしくそういう話ですよね。ちょっと謎解きの趣向の話から離れて考えると、いかにプロットにひねりをもたらすのか、ということについて井上さんは力点を置いている気がします。

井上　それは仰る通りですし、その点に気付いていただいたのは嬉《うれ》しいです。自分の中では、単に「謎を解いて真相が明らかになりました」ということを書くだけでは、物語としての結末を迎えたことにはならないと思っています。物語が決着するまでにどのようなダイナミックな動きを見せるのか。そこに自分は力を入れて小説を書きたいんです。読書体験の中で『指輪物語』のような壮大な物語が好きであることを話しましたが、私が書きたいのはあくまでも物語なんです。だからミステリを書く時でも、どのように推理を描けば物語のダイナミズムを表すことが出来るのか、という点を気にしますね。

若林　謎の解決がもたらす事実そのものよりも別の部分に力点を置く、という姿勢は城平《しろだいら》京《きよう》さんの『虚構推理《きよこうすいり》』（講談社タイガ）の影響もあるのではないかと思いました。

井上　そうですね。先ほどはタイトルを挙げませんでしたが、『虚構推理』も『その可能性はすでに考えた』を書いている前後に読んだ記憶があり、その影響は受けていると思います。あとは、京極夏彦さんの〈百鬼夜行《ひやっきやこう》〉シリーズは外せませんね。自分の中では京《きょう》極堂《ごくどう》が名探偵の理想形なんです。それこそ単に事件を解決するのではなく、〝憑《つ》き物落とし〟と称して登場人物たちが背負ってしまったものを払っていく。〝憑き物〟を落とされた人は自分を縛っていたものから解放されて、それぞれの物語が再び動き出す。こういう感じの物語が書きたいんだ、といつも思っています。

若林　いっぽうでトリックありきの小説については、あまりご自身で書きたいという気はなさそうですね。

井上　はい。ミステリの技巧の一つに、叙述トリックというものがありますよね。私の認識としては、叙述トリックとは「その仕掛けが明らかになることによって、物語の意味や世界の見方が変わること」であると捉えています。例えば「語り手が男性だと思っていたら、実は女性でした」というトリックが仕掛けられていたとしても、それがストーリーと絡まなかったら「そんな騙《だま》し方をして、何の意味があるのかな」という気持ちになります。いち読者として小説を読んでそういう思いはしたくないし、作家としても読者にそんな気分にはなって欲しくありません。

奇抜な名探偵を創造することに拘り過ぎていた

若林　『探偵が早すぎる』は、「犯人が犯行に至る前に事件を見破ってしまう探偵」という、これまたぶっ飛んだ設定の探偵役が登場します。こちらの着想はどこから得たのでしょうか？

井上　これは、世間一般で言うところの「探偵が遅すぎる問題」の逆を行こうと思って書いた作品ですね（笑）。よく謎解きミステリの感想で「探偵役はなんで人がいっぱい死んだ後にしか推理を披露しないのか」とか、「むしろ探偵が来たから、大量殺人が起こっているんじゃないのか」とか、突っ込みを入れる方がいますよね。あれを反対に書いてみたら面白いんじゃないのか、と思ったのがきっかけです。

でも、当初はあまり自分でも本気で書こうと思っていたアイディアじゃなかったんですよ。そういうのがあったら面白いかな、程度の温度感でした。しかし、いざプロットを練ってみると、「おや、これは案外楽しいものが出来上がりそうだな」と。実は最初にこのネタを考えた時に頭に浮かんだのは冒頭のシーンなんです。車椅子に乗った女子高生が家政婦らしき人物と会話している、あのシーンです。

若林　探偵のキャラクター設定などでは無かったんですね。

井上　そうなんですよ。というよりプロットを練り始めた段階では、どういう探偵役を出そうか、アイディアが全く無かったんです。冒頭に登場した少女が命を狙われている、という設定だけを考えて、「もし名探偵がいて、自分が死んだ後に謎を解いてくれても嬉しくない」というような台詞を少女に言わせてみようか、と思った時に「あっ、この少女を守るための探偵を作ってみよう」と思い付いたんです。

若林　キャラクターをかっちり決めた上で生み出された探偵役だとてっきり思っていましたが、違うんですね。

井上　はい。正直に言うと、それまでも色々と奇抜な探偵役を生み出そうと思って結局ボツになったネタは沢山ありました。覚えている限りのところで言うと、変な機械を使って相手に間違った知識を入れ込む探偵、という少しSF風味のある探偵役を考えたことがあります。

若林　何ですか、それは（笑）。

井上　とにかく間違った知識を植え付けた上で相手に推理をさせて、その推理をもとに探偵役自身も推理を進めるという……うーん、思い付いた当人が振り返っても、ややこしく感じる話ですね（笑）。そういう、様々なアイディアはあったんですが実現できずにお蔵入りになったものはまあ、いっぱいあります。そこで学んだのは、最初から「面白いネタを書いてやろう」と思って発想をこねくり回しても、良いアイディアは浮かんでこないということですね。逆にこねくり回し過ぎると、失敗することの方が多いですね。

若林　ボツになったネタも含めて、奇抜な探偵を生み出そうと拘っていた時期があったんですね。

井上　今から振り返ると、けっこう執着していた時期はありましたね。『聖女《せいじょ》の毒杯《どくはい》』（講談社文庫）を書いた後、これ以上は〈その可能性はすでに考えた〉シリーズを継続させることは難しいな、と思ったんです。先ほどもお話ししましたが、このシリーズを仕上げるのは本当にしんどい仕事だったんです。ただ、そうなったら別の新しい物語を考えなきゃいけない。そのために試行錯誤を始めた結果、新しい探偵キャラクターの創造に拘り過ぎてしまったのではないかと、今では思っています。

若林　そういう行き詰まりをブレイクスルーできたのは、何か理由があったのでしょうか？

井上　『探偵が早すぎる』のアイディアを練り出した時期、ちょうど集英社の「小説《しょうせつ》すばる」から短編の依頼が来ていたんです。『小説すばる』に掲載された作品はのちに『ベーシックインカム』（集英社）という短編集にまとめられるのですが、そこに「言《こと》の葉《は》の子《こ》ら」というSFテイストの近未来を舞台にした短編をまず書いたんです。

その時ですね、「ここで一旦、奇抜な探偵などには拘らず、とにかく物語の面白さを追求したものを書いてみよう」と考え直したのは。別にミステリのファンだけに喜んでもらえる様な作品では無くて、例えば自分の親が不意に読んでも面白いと感じてもらえる話を書いてみようじゃないか、と思ったんです。

若林　とにかく物語の面白さ、というのは井上さんの原点でもありますね。

井上　はい、仰る通りで自分でも初心に返ろうという意識で書いたのが「言の葉の子ら」です。この作品を無事に仕上げることが出来て自分自身、救われたところはありましたね。それまで「とにかくユニークな探偵を生み出さなければ」ということに囚《とら》われすぎていて切羽詰まっていたんですが、「いや、そこに拘らなくても自分は小説を書けるじゃん」という風に前を向くことが出来たんです。

若林　その気持ちは非常に理解できます。『ベーシックインカム』に収録された「言の葉の子ら」と「存在《そんざい》しないゼロ」は、ミステリというよりも藤子《ふじこ》・F・不二雄《ふじお》の短編漫画を読んでいるような感覚になる作品でした。物語がある極点に達すると、今まで見えていた光景とは違うものがとつぜんパッと広がる。そういう構造の作品なんだけれど、それを支えるための仕掛けはしっかり物語と有機的に繋《つな》がっていて意味がある。「ああ、こういうものも書けるんだ、井上真偽という作家は」という風に、初読の時は少し驚いた記憶があります。

誤解を恐れずに言うと、井上さんの場合はミステリのフィールドを意識して書かれたものではないところに、実はミステリとして新鮮味を感じる仕掛けが生まれている気もします。ちなみに「小説すばる」の短編掲載依頼があった時、「ミステリを書いてください」などジャンルの指定はあったのですか？

井上　いや、特に無かったと記憶しています。とにかく短編を書いてください、くらいの依頼だったと。

若林　『ベーシックインカム』は単行本刊行時、「ＳＦミステリ」って銘打たれていました。ただ、私はどちらかといえば藤井太洋《ふじいたいよう》さんや逸木裕《いつきゆう》さんなどが書くような、テクノロジー小説に近い気がしたんです。井上さんご自身でも、それほどジャンルに拘った短編集ではなかったのでは。

井上　その通りです。はっきり申し上げて、単行本での紹介については「ＳＦという言葉は使わない方が良かったかな」と思っているんですよね。私としては自分のバックグラウンドが理系だったということもあって、テクノロジーを題材にした至近未来小説を書きたかったという意識があります。もっというと、今までSFの中で書かれていた出来事が今まさに現実になろうとしていて、それが生活の中に入り込もうとしていますよ、ということを書きたかった。

私の中ではSFって、発想の面白さで勝負するジャンルであると思っているんですよ。誰も考えないものを発想して、そこからどういう社会像を構築することが出来るか、というところで読ませるジャンルだと。でも『ベーシックインカム』は既存の技術の延長線上に留《とど》まっているお話なので、自分としては発想で勝負する小説にはなっていないんですよ。だから『ベーシックインカム』は、厳密にはSF小説ではないと自分の中では定義しています。

ミステリの定義はもっと広いものであって欲しい

若林　このインタビュー時点での長編最新作である『ムシカ　鎮虫譜《ちんちゆうふ》』(実業之日本社文庫)は、まさに今まで語っておられた「実はジャンルに拘っていない」井上さんのスタンスが発揮された作品です。物語の着想自体はデビュー直後からあったんですよね?

井上　そうですね。「デビュー作をシリーズ化するのは難しいので、次回作のネタをどんどん出してください」と講談社の編集部に言われて、提出した案の一つに『ムシカ』の原型となるアイディアもありました。もし、そこで「このネタでいきましょう!」という風に編集部が反応してくれれば、デビュー二作目が『ムシカ』になる可能性もあったわけです。

若林　ちなみに編集側に提出したアイディアって、ミステリが大半を占めていた感じだったのでしょうか？　それとも、もっとバラエティに富んでいたのでしょうか？

井上　名探偵が登場するものが多かったですね。そんな中で「もしかしたら、こういうジャンルのものも興味を持ってもらえるかな」と思って、さり気なくネタのリストに付け足したのが『ムシカ』だったんです。自分としては「こっちに興味を持ってくれると嬉しいな」という淡い期待を抱いていたのですが、まあ見事にスルーされました（笑）。のちに実業之日本社の編集さんが「これ、面白そうですね」と反応してくれて、ようやく陽《ひ》の目を見る形となったわけです。

若林　今回、『ムシカ』を読み返していて「上《う》手《ま》いな」と感じたことが二つあるんですよ。一つは、ホラー部分の演出です。カメムシが犬のおなかにうじゃうじゃ貼り付いていたり、雨が降ってきたと思ったらカマキリだったなど、B級ホラー映画の恐怖演出のツボをちゃんと押さえていて、「井上さん、ホラーもいけるんだ」と吃驚しました。

井上　これはもう、完全に映画の影響ですね。ホラー映画、実は大好きなんです。『ファイナル・デスティネーション』って映画があるじゃないですか？　乗るはずだった飛行機が爆発して、それに運よく乗り合わせなかった人たちが謎の力によってどんどん死んでいくという。それぞれの死に方の演出がね、非常に上手《うま》いんですよ。助かったと思ったら、全然別のところから不意打ちを食らって死んじゃうみたいな、観客の虚を突く演出が巧みで。ああいうのが好きなんですよね、私。そういう演出を自分でもチャレンジしてみようと思って書いたのが『ムシカ』だったんです。

若林　ホラーを始め、あらゆるジャンルの演出法が見本市のように詰め込まれている感じがありますよね、『ムシカ』は。井上さん本人としても「もう、好きなものを全部ぶちこんでしまえ！」というスタンスで書いた作品なんじゃないかな。正直に言って、こういう作品を早く書きたかったという気持ちはありますか？

井上　それはもちろんありました！　さらに言わせてもらうと、「こういうジャンル横断型の娯楽小説を書く作家なんだ」という形で認められる作家でありたいと思っていましたし、今でも強くそう思っています。

ただ、ネットにアップされた『ムシカ』の感想を見ていると、虫を題材にしたホラーがあまり受けていないようで……。取り扱ったネタがあまりよくなかったのかなとは思っているんですが、どうですかね。

若林　いやあ、そんなことは無いと思いますが……。

井上　B級ホラーとしては最高の題材だと思うんですけど、虫が襲ってくるって。やはり自分は「ミステリを書く人」として認識されているから、ミステリ好きな人に刺さらなかったのかな、と分析しています。

若林　うーん、どうなんでしょうね。B級ホラーというより、『ムシカ』のような総合娯楽小説って、ひと昔前の『このミステリーがすごい！』などで結構、ランクインしていた時期はあったと思うんですよ。〝ミステリ〟という括《くく》りの下で評価される作品の範囲が、以前よりも狭まっている気がします。

井上　そうですね。自分が実際に小説家デビューして思ったのは、かつて本格ミステリが「冬の時代」と呼ばれて、ジャンルの中でも傍流みたいに扱われていた時期があったとするような言説があるじゃないですか。でも、今はその逆で、「本格ミステリ偏重の時代」のように感じられる場面もありませんか？「本格ミステリでなければミステリにあらず」みたいな風潮が今の時代は強いんじゃないかと、デビューして作家を続けていく中で感じる瞬間があります。

あと、作家志望の人や作家になりたての人も本格ミステリに挑戦したがる方が多いのかな、という気がしています。そこには広義のミステリで成功しても、本格ミステリで成功しないとミステリ作家としては認められない、という強迫観念が作家さん側にもあるのかな、と勝手な印象を抱いています。

若林　そのように感じる場面に遭遇したことがあるのですか？

井上　いえいえ！　何かデータに基づいた話ではないですし、あくまで自分の感覚でしかないので。仮にそういう風潮があったとしても、本格ミステリが盛り上がってくれるのであれば良いかな、と思っています。ただ、もっとミステリの指し示すものが広がって、本格ミステリ以外のジャンルもさらに盛り上がってくれないかな、とは願っています。

若林　『ムシカ』のもう一つの美点は、若者たちの成長小説であり、冒険小説であるという点です。虫に襲われた音大生たちが、自分たちの音楽を武器に使って戦うなかで、彼ら自身が抱える問題と向き合う。青春群像劇の要素とともに、自分の中にある怯《おび》えを乗り越えていく冒険小説の精神もここにはあると感じたんです。眼前の障害物を乗り越えて登場人物たちが変化していく、という冒険小説の骨法を使った広義のエンタメ小説は、私の中では紛れもなくミステリと呼んでいるものです。井上さんもそのように認識されているのではありませんか？

井上　はい、もちろん自分もそのようにミステリを捉えています。私としては、ミステリってもっと懐の深いものだと思っているんですよ。ただ、例えば『ムシカ』にも謎解きの要素が書かれてはいるんですが、それもガチガチの本格ファンからは「これはミステリではないな」と思われている気がします。いわゆる謎・論理・解決のフォーマットに則った物語でなければ、ミステリと認知しない人も多いのかな、と思い、悩んでいるところではあります。

若林　物語の様式ではなく、使いたい技巧から逆算して作家がどのような物語を構築したのか、という点に着目して読んだ方が、ミステリ小説として楽しめる作品の幅も広がるし、様々な楽しみ方を見つけることが出来る。本日の井上さんのお話を聞いていて、そんなことを思いました。

井上　そうですね。私もその意見には同意します。小説って、色々な可能性を持っていて、いろんなバリエーションがあるものです。使っている技巧に目を向けてもらいながら、もっといろんな小説が受け入れられるといいな、と思っています。自分が拘っているのはミステリを書くことではなく、ダイナミックに動く物語を書くことなので。

（二〇二二・十・二　於／オンライン）

井上真偽　著作リスト

〈その可能性はすでに考えた〉シリーズ

その可能性はすでに考えた（講談社ノベルス・講談社文庫）
聖女の毒杯 その可能性はすでに考えた（講談社ノベル・講談社文庫）

ノンシリーズ

恋と禁忌の述語論理（講談社ノベルス・講談社文庫）
探偵が早すぎる　上・下（講談社タイガ）
ベーシックインカムの祈り（集英社文庫）
※単行本刊『ベーシックインカム』（集英社）を改題
ムシカ 鎮虫譜（実業之日本社・実業之日本社文庫）
アリアドネの声（幻冬舎）
ぎんなみ商店街の事件簿　BROTHER 編・SISTER 編（小学館）

アンソロジー（書下ろし）

謎の館へようこそ 黒 新本格 30 周年記念アンソロジー（講談社タイガ）
数は無限の名探偵（朝日新聞出版）

井上真偽（いのうえ・まぎ）

神奈川県出身。2014年、『恋と禁忌の述語論理』で第51回メフィスト賞を受賞しデビュー。'17年、「言の葉の子ら」が第70回日本推理作家協会賞〈短編部門〉の候補作になる。『探偵が早すぎる』は滝藤賢一主演で連続ドラマ化された。

潮谷験

SHIOTANI KEN

「理屈では起こっていることを
理解できるのだけれど、
全体を見ると何だか怖い。
そういう事がミステリの
醍醐味の一つではないかと、
私は思っているんです」

変幻自在の物語の書き手。それが潮谷験という作家から感じ取れる印象だ。デビュー作『スイッチ　悪意の実験』をはじめ、これまで刊行された作品は趣向がバラバラ、にも拘らず芯には必ず本格謎解きのエッセンスがしっかりと存在している。謎解きの形式からはみ出ながら、なお謎解きミステリの濃いDNAを感じさせる。そのルーツは一体どこなのか、と探ったところ、実に興味深い答えが返ってきた。

麻耶雄嵩《まやゆたか》で学んだ「何が起きるか分からない」物語作り

若林　潮谷《しおたに》さんがミステリを読むようになったきっかけは何だったのでしょうか？

潮谷　具体的な時期を申し上げますと、大学四年生の時ですね。私はおそらく他の作家さんと比べても、ミステリを読み始めたのは遅い方ではないかと思います。江戸川乱歩《えどがわらんぽ》の〈少年探偵団《しょうねんたんていだん》〉シリーズや、ジュブナイル向けに訳されたシャーロック・ホームズものを読んだりした記憶は無く、いきなり大人向けのものから読み始めた思い出があります。

若林　ミステリ以外の小説は読んでいたんですか？

潮谷　割と子供の頃から読んでいましたね。最初に小説を読むことに嵌《は》まったのは、小学生から中学生くらいにかけてのことです。その頃はゲームの「ドラゴンクエスト」が非常に流行《はや》っていた時期なのですが、その時に久美《くみ》沙織《さおり》さんが執筆を手掛けたノベライズが刊行されていたんです。それが大変素晴らしい内容で、ゲームに登場するキャラクターの設定や感情の動きがきちんと書かれていて、単にゲームの内容をなぞるだけではなく物語に肉付けがされていた。小説という表現形式だからこそ出来ることがあるんだ、と感動を覚えて、そこから小説に興味を持ち始めました。

若林　〈新世代ミステリ作家探訪 Season Ⅰ〉に円居挽《まどいばん》さんが出演された時、ノベライズの話題を中心にお話ししたんです。そこで円居さんが仰《おつしや》っていたのは、例えば漫画作品における作画の変化について言及できるなど、ノベライズでこそ表現できるものがあるということでした。おそらく潮谷さんの意見と円居さんの観点は一緒なのかな、と思いました。

潮谷　そうですね。特に昔のテレビゲームは容量の限界の問題で、ゲームソフト内でプレイヤーに提供できる情報に限りがあるんですね。先ほど述べた久美さんのノベライズでは、終盤に出てきてすぐに倒される敵キャラについても、その人間性を深く掘り下げて書いているシーンがあるんです。そういったところに、小説という表現世界の広大さを感じました。

若林　ミステリの読書体験に話を戻しますが、大学生の頃に初めて読んだミステリ小説は何だったのですか？

潮谷　麻耶雄嵩さんの『翼《つばさ》ある闇《やみ》　メルカトル鮎《あゆ》最後《さいご》の事件《じけん》』（講談社文庫）ですね。この作品が「本の雑誌」で紹介されていたんです。非常に変わったミステリですよ、という書評に惹《ひ》かれて試しに読んでみようと思ったんです。

若林　『翼ある闇』が初めてのミステリ体験ですか……。確かに衝撃的な作品ですが、これまでミステリを読んだことが無い人が手を付けるには、なかなかハードルの高い作品でもある気がします。

潮谷　そうですね……ぶっ飛んでいるな、と感じたことは確かです。正直に言うと、それまで自分がミステリというジャンルに対して抱いていたイメージは、漫画の『金田一少年《きんだいちしようねん》の事件簿《じけんぼ》』に出てくるクローズドサークルでの殺人事件や、二時間サスペンスの「崖で犯人が自白する」くらいのものだったんです。だから、この作品を読んだ時に「ミステリって、こういう滅茶苦茶なことをやっても良いんだ」という衝撃を受けたんです。あとで考えると、様々なミステリ作品を網羅した上で読むと、また違った印象を受けたのかな、という思いはありますけどね。
　でも、自分としてはこれがミステリの入門書で非常に良かったな、と思っています。

若林　えっ、そうなんですか？

潮谷　『翼ある闇』は本編と解説でエラリー・クイーンやジョン・ディクスン・カーといった海外古典の作家から、綾辻行人《あやつじゆきと》さんや有栖《ありす》川有栖《がわありす》さんといったいわゆる〝新本格ミステリ〟以降に登場した作家について言及していますよね。そこで私は『翼ある闇』に出てきた小説家の作品を年代問わず順番に読んでいったんです。

若林　なるほど。作品そのもののぶっ飛び具合はさておき、そこで披露されているミステリに関する情報が、一種のブックガイドとしての役割を果たしていたということなんですね。
　ちなみに、麻耶雄嵩作品はその後も嵌まって読んだ感じでしょうか？

潮谷　もちろんです。『メルカトルと美袋《みなぎ》のための殺人《さつじん》』（集英社文庫）や『夏《なつ》と冬《ふゆ》の奏鳴曲《ソナタ》』（講談社文庫）など、代表作は網羅しました。『夏と～』は、まあ、これもこれで衝撃的でした。『翼ある闇』はそれまでに書かれたミステリ作品を材料として捏《こ》ね上げて、とんでもない物語を作り上げたという印象があります。いっぽうで『夏と～』はキュビズムなどミステリの外にあるものを材料に使って、とんでもないものを生み出してしまったな、と感じる作品でした。同じ〈メルカトル鮎〉シリーズでありながら違う方向にぶっ飛んでいて、その飛躍が魅力的でした。

若林　潮谷さんの作品を読んでいると、途中で「えっ、こんな要素を入れるの？」「えっ、いきなりそっちの方向に話を持っていくの？」という風に感じる瞬間が多いんですよね。そういうぶっ飛んだ展開をとつぜん盛り込む癖って、ひょっとして麻耶さんから受けた影響が大きいのでしょうか？

潮谷　麻耶さんもそうですし、あとはジョン・ディクスン・カーの影響も大きいです。ディクスン・カーは〝不可能犯罪の巨匠〟と呼ばれていますが、途中で謎解きとは関係ないドタバタコメディやスリラーの要素を盛り込んで楽しませますよね。とにかく読者を退屈させてはならない、という意気込みがひしひしと伝わる点が魅力的というか。

　また、小説以外のメディアでいうと、やはり「週刊少年《しょうねん》ジャンプ」の漫画作品に影響を受けた面もあります。子供の頃からずっと「少年ジャンプ」を読んでいますが、ジャンプ作品はちょっとでも中だるみすると、容赦なく人気が落ちて連載が終了するんですよね。成長して、作り手側の意識が頭の中に入ってくると「ここで中だるみをしたら、読者にそっぽを向かれるんだな」という恐怖が芽生えるんですよね。「少年ジャンプ」の先例を知っているから。だから、とにかく中盤あたりで読者を退屈させてはならない、という使命感のようなものを抱きながら書いています。

若林　退屈させない工夫をしている、という観点で好きなカー作品があったら教えていただけますでしょうか？

潮谷　スタンダードなタイトルを挙げるとするならば『三《みっ》つの棺《ひつぎ》』（ハヤカワ・ミステリ文庫）

ですが、この作品はどちらかというとトリックの面白さに惹かれるタイプのものですね。それ以外ですと、『盲目《もうもく》の理髪師《りはつし》』（創元推理文庫）。カーはトリックが結構ぐだぐだになっている作品も多いんですが、ストーリー全体を評価すると途轍《とてつ》もなく楽しい場合もありますよね。『盲目の理髪師』がまさにそれで、犯人当て小説としてあまり完成度は高くないけれど、ドタバタ劇の要素で何度も笑わせてくれて、本を読み終えた時に「ああ、面白かった！」と思えるんですよね。殺虫剤を小道具にしたコントのような場面は、何度読んでも笑えます。

あと挙げるとするならば、『ビロードの悪《あく》魔《ま》』（ハヤカワ・ミステリ文庫）や『喉切《のどき》り隊長《たいちょう》』（ハヤカワ・ミステリ文庫）などの歴史ミステリでしょうか。謎解きも面白いんですが、それ以上に活劇の要素が勝っていて楽しいです。

若林　お話を伺っていると、ジョン・ディクスン・カーを謎解き小説家というより、総合的な娯楽小説の書き手として評価していますよね。潮谷さんご自身の作風も、芯には犯人当ての要素がしっかり備わっているのだけれど、いっぽうで複数の娯楽要素を孕《はら》んだ小説を書きたいのかな、という意識をちらりと覗かせる瞬間があります。

潮谷　それは犯人当ての要素だけでは、エンタメ小説として成り立たせるのは難しいよね、という思いが強いからです。私はディクスン・カーと同じくらい、エラリー・クイーンも好きで、一時期は純然たる犯人当て小説を書いて応募しようと考えていたこともありました。でも、純粋に犯人当てに特化した小説を書こうと思っても、それだけでは物語を引っ張ることは容易ではありません。あのクイーンにしても、デビュー作『ローマ帽子《ぼうし》の謎《なぞ》』（創元推理文庫）における帽子の行方を巡るサスペンスで読者の興味を掻《か》き立てるなど、謎解きの要素以外も重視していますよね。

若林　クイーン作品における犯人当てのロジックに惹かれつつ、カー作品における種々の娯楽要素を横断する書き方も取り入れている、という感覚なんでしょうかね、潮谷さんのなかでは。

潮谷　そうですね。やはり、クイーンは〈国名〉シリーズを中心としたロジックの美しさが素晴らしいですよね。あとはクイーンと並行して、有栖川有栖さんの作品を読んでいたのも大きかったな、と思います。有栖川さんがクイーンから受けた影響を自作へどのように反映させたのか、両氏の作品を同時並行で読み進めながら味わっていました。

ロジックの美しさというのは、やはり謎解きミステリの核として据えるべきでしょう。ただ、それって逆にいえば、「犯人特定の手続きさえ美しければ、あとはどれだけ滅茶苦茶おかしなことを書いてもOKじゃん！」ということでもあるのではないか、と。そこが謎解き以外の娯楽要素をどんどん取り入れて、物語を盛り上げようとする理由ですね。

『スイッチ』はアンチデスゲーム小説だった

若林　実際に小説を書き始めたのはいつくらいのことですか？

潮谷　大学卒業の年度くらいですね、小説を書いて応募してみようかなという気になったのは。大学では東洋史学を専攻していたんです。

高校時代に司馬遼太郎《しばりようたろう》の『項羽と劉邦《こううとりゆうほう》』（新潮文庫）や、横山光輝《よこやまみつてる》の漫画『三国志《さんごくし》』（潮漫画文庫）を好きで読んでいたので、中国歴史小説を書きたいなと思っていました。ただ、いざ書こうと思った段階で、翻訳文献が少ない上に膨大な取材量が必要であることに気付き、いったん断念したんです。そこで大学を卒業する頃にミステリと出会い、「また小説の執筆にチャレンジしてみようかな」と思い至ったわけです。

若林　最初はミステリ小説を書いて新人賞に応募したのですか？

潮谷　いえ、当初はど真ん中のミステリは書いていませんでした。どちらかというと歴史小説にミステリの要素を加えたものを書きたいな、と思っていました。最初に応募した作品は、今流行っている〝疑似中国ファンタジー〟の世界観に、ガンダムを組み合わせたようなお話でした。

若林　えっ、ロボットものを書いたということですか？

潮谷　はい。中国風の世界で武将らしき人物が桃源郷を目指すんですけれど、そこでは独自の文化が発展していて、特殊な繭の前で笛を吹くと繭が振動して動力になる、という技術が発展しているんですね。その動力を求めて権力者が桃源郷を襲うので、住人たちは繭の原理を活用して動くガンダムのような乗り物で戦おうとするんです。そして主人公の武将は兵法の心得があるので、ロボットを使った上手《うま》い戦い方を桃源郷の住人たちに伝授する、という。

若林　すごい設定ですね……。ちなみにその作品に、ミステリの要素はあったんですか？

潮谷　あったんですよね、これが。ロボットの戦闘場面を描く際に、敵方の考えていることを読み取り、策略を練って倒そうとする、いわゆる頭脳戦の要素を盛り込んでいたんです。この部分は紛れもなくミステリでしたね。

そういう感じで、歴史小説にミステリを合わせたような小説を書いていたんですが、だんだん歴史小説から心が離れてミステリに熱中していったので、自分が執筆するものもミステリ小説に寄っていきました。

若林　それは謎・論理・解決の形式に則《のっと》った謎解きミステリ小説だったのでしょうか？

潮谷　そうですね。当時は特に多重解決ものを好んで書いていた気がします。西澤保彦《にしざわやすひこ》さんの作品のように、何人かの登場人物が集まって「この事件はこうだと思う」「いや、そうじゃない」みたいな議論が延々と続くお話が好きだったので、自分でもそういうものを書いてみたいと思ったんです。

ただ、先ほど申し上げたような、ミステリに独自の要素を掛け合わせて物語を膨らませる、という書き方はしていなかったですね。どちらかというとストレートな謎解き小説を書いていました。

若林　大学卒業の頃から、デビューに至るまでずっと書き続けていたんですか？

潮谷　いえ、大学卒業後は仕事でバタバタしていた時期があったので、一時は執筆を止めていました。再開したのは、二〇一七年から一八年の頃ですね。ちょうど忙しさが一段落して、一気に書きたいものを書いてしまおう、と思うようになった時期です。

若林　デビュー作の『スイッチ　悪意の実験』は、「押したら一家が破滅するスイッチ」という一種のソリッドシチュエーションスリラー、あるいはデスゲームに近いテイストの話で幕を開けますよね。それが途中から、本格謎解きの要素へとスライドしていく。そこが『スイッチ』という作品の魅力なのですが、先ほどのお話ですと「投稿時代にはストレートな謎解きを描いていた」と仰っていました。こうしたスリラーから謎解きへと切り替わっていく、ある意味で変則的なタイプを書こうと思い至ったきっかけは何だったんですか？

潮谷　さっきも申し上げましたが、謎解きの要素だけで物語を引っ張っていこうとするのは難しく、エンタメ小説として仕上げることが出来ないと思ったんです。

ですから『スイッチ』の場合、まずは「最初に誰がスイッチを押すのか」というスリラーの要素で読者を惹きつけておいてから、さらに「犯人は誰か？」というフーダニットの要素を加えることで物語に対する読者の興味を持続させようとしたんです。

若林　『スイッチ』というタイトルでまず思い浮かんだのは、山田悠介《やまだゆうすけ》さんの『リアル鬼《おに》ごっこ』（幻冬舎文庫）に象徴されるようなソリッドシチュエーションスリラーでした。命を懸けたゲームに登場人物たちが興じることで、人間の黒い本性にフォーカスするタイプの物語が特に二〇〇〇年代以降に増えた気がしますが、『スイッチ』も最初はそのような物語を装っているように見えます。しかし読み進んでいくと、そういうイメージが覆されていく。具体的には言いませんが、倫理に対する真っ当な問いかけも書かれている。そういう意味では、この作品には二〇〇〇年代に流行《はや》ったデスゲーム小説や、いわゆる〝イヤミス〟に対するアンチテーゼが込められている気がしました。

潮谷　デスゲームものの流行の根源を辿《たど》っていくと、山田悠介さんの作品よりも前に、高見《たかみ》広春《こうしゅん》さんの『バトル・ロワイアル』（幻冬舎文庫）があったと思います。『バトル・ロワイアル』は中学生同士が殺し合うという内容が道徳的な観点から物議を醸した小説ではありました。でも、あの作品をよく読めば分かるのですが、非常にヒューマニズムに溢《あふ》れているというか、青春小説の要素もきちんと盛り込まれているんですよね。物語の閉じ方としても、「人間って酷《ひど》い生き物だよね」という風な単純な性悪説に落とし込むわけではなく、非常に真摯《しんし》なものも感じる幕引きだったと思います。人がどんどん死んでいく傍らで、根底にヒューマニズムが流れているのが『バトル・ロワイアル』という小説の魅力の一つだと捉えていましたが、同系列の後続作品を見ると、ヒューマニズムの要素が忘れられているものが多い気がします。ということは、デスゲームの要素にきちんとヒューマニズムのような明るい要素を加えれば、現代に新たな物語が提示できるのではないか、と思い至ったんです。忘れ去られているのであれば、自分の手でまた加えてあげれば良い、と。

若林　なるほど。もう一つ、私が『スイッチ』で魅力的だなと感じたのは、箱川《はこがわ》小雪《こゆき》という登場人物の造形ですね。彼女はある理由から自分の心の中でコインを投げて、その表裏に応じて人生の決断を行っていく。自分の人生を別のものにゆだねてしまう、ある意味で冷めた部分があるいっぽうで、人間として越えてはならない一線を越えないように苦悩する姿が印象的でした。こうした倫理に対する葛藤を抱えた主人公の造形が、小説のプロットにも上手く機能していて、『スイッチ』は真の意味でのキャラクター小説と呼べるものだと感じたんです。

潮谷　私が小説を書き始める際に考えるのは、まず状況の設定なんです。『スイッチ』の場合は「押せば一つの家族が即座に破滅するスイッチ」ですね。次に考えるのは登場人物で、最初に用意した状況に対してその人物たちにどのようなリアクションを取らせようか、というところから物語をどんどん構築していきます。ですから、私の作劇法としてあらかじめキャラクターを決めておくのは不可欠なんですよね。

キャラクターについてもう少し話しておくと……私は二〇一〇年前後に様々なアニメを観漁《みあさ》っていたんですが、その中で衝撃を受けたものは『けいおん!』(芳文社)だったんです。『けいおん!』の何がすごいかというと、あのアニメはあらすじとしては女子高生がひたすら楽しく部活動をやっているだけなんですよね。今までもアニメや漫画で部活動ものはありましたが、たいてい廃部の危機が起こったり、登場人物の一人が病気やケガをしたりと、何かドラマティックな出来事を描いて山場を入れるんです。しかし、『けいおん!』はそのようなことを全く描かないんですよ。『けいおん!』は芳文社が刊行している、いわゆる『まんがタイムきらら』の日常系漫画作品です。この系列の作品は、魅力的なキャラクターを用意して、そのキャラクターさえいれば話が勝手に回っていくような作品が多いんですね。では、これをミステリと組み合わせた時に、どのような物語が出来上がるのだろうか、ということに思い至ったわけです。繰り返しで恐縮ですが、謎解きの要素だけではミステリ小説をエンタメとして成り立たせることは出来ないという思いが昔からありまして、じゃあ、それを打破するためにはどうしたら良いのだろうとずっと考えていたんです。その時に『けいおん!』のように登場人物が魅力的で、それがどういう人間なのかを書くだけでエンタメになるのであれば、とにかくキャラクターを作り込むことを頑張ろう」と決めたわけです。特に物語の視点人物の造形については、とことん練り上げて書くようにしています。

若林　デビュー作の『スイッチ』が二〇二一年四月に発売しましたが、その四ヶ月後には第二作目の『時空犯《じくうはん》』が刊行されています。かなりのハイスピードで、当時は吃驚《びっくり》しました。

潮谷　これについては、タネがありまして。実は『時空犯』の方を『スイッチ』より先に執筆していたんです。『時空犯』の舞台が二〇一八年の設定になっているんです。これは特に意図したわけではなくて、単純に執筆した時期が二〇一八年だったから。でも、書き上げた結果、「これはメフィスト賞向きの作品ではないな」と判断して、『スイッチ』の方を書いて送ったんです。

若林　『時空犯』がメフィスト賞に向いていない、と思ったのは、具体的にどこの部分なのでしょうか?

潮谷　いやあ、これについては「今思い返せば、ちょっと自分の思い過ごしだったかも」と感じているのですが……主人公の造形が割と平板なイメージなのが自分の中で引っかかったんです。歴代のメフィスト賞受賞作をお読みの方はお分かりかもしれませんが、いずれの作品の主人公もかなりの変人だったり、とにかく尖《とが》っている感じですよね。主人公の年齢設定が三十五歳というのも、メフィスト賞の読者層よりは上かな、と思ったところもあり。年齢については森博嗣《もりひろし》さんの『すべてがＦになる』（講談社文庫）に登場する犀川創平《さいかわそうへい》先生は三十二歳だったので、これは完全に勘違いの面もあるのですが、いずれにせよ当時の私は『時空犯』の主人公は、ちょっと系統が違うかな」という風に捉えていたんです。

　でも、後で編集者の方に『時空犯』を読んでもらったところ「こちらの作品もメフィスト賞に応募してくれたら良かったのに」と言われたので、私の見当違いだったということで納得しました（笑）。

若林　物語のぶっ飛び具合だったら、『スイッチ』よりもこちらの方が勝っていると思うので、私の感覚では『時空犯』の方がメフィスト賞と親和性はより高いのかな、と思ってしまいます。ネタばらしを避けるためにぼかして言いますが、中盤で「こんなにスケールを大きくしちゃって大丈夫なの？」という事態が起こるんですよね。

　ところで『時空犯』にはＳＦ要素が織り込まれているのですが、ＳＦには元より関心が高かったのでしょうか？　『スイッチ』にはＳＦ要素は皆無だったので、色々と引き出しの多い作家さんだな、と思ったのですが。

潮谷　いえ、それがあまりＳＦ作品は読んだことが無いんです。別のインタビューでも好きなSF作家や作品は何ですか、と問われても上手くお答えすることが出来ず。それでもわりとよく読んでいたSF作家さんの名前を挙げるとすれば、森岡浩之《もりおかひろゆき》さんでしょうか。

SF全般というよりタイムリープものに興味があるので、一回タイムリープものの小説を書いてみようと思い立ったのが『時空犯』だったんです。

若林　タイムリープもので、お気に入りの作品はありますでしょうか。

潮谷　富士見ミステリー文庫で刊行されていた、田代裕彦《たしろひろひこ》さんの『シナオシ』ですね。ある人物が殺人を犯してしまったことを後悔していたところに、とつぜん悪魔のような存在が目の前に現れるんです。そいつは時間をさかのぼり、別人に宿って人生をやり直すチャンスを与えるんですが、転生直後に自分が誰だったのか、誰を殺してしまったのかをすっかり忘れてしまうんですよ。自分が誰を助けなければならないのか、自分が本来誰だったのかを推理していくという、非常に変則的なタイムリープ謎解き小説で、三〇〇頁《ページ》弱の短い小説にも拘《かか》わらずきちんとまとまっていて、伏線もしっかり張られているんですよね。

自分でも一度、『シナオシ』のような比較的短くてまとまったタイムリープものミステリを書いてみたいなというのがありまして、『時空犯』を書き始めました。

若林　『時空犯』のもう一つ素晴らしいところは、ある部分でいきなり鉄道ミステリの趣向が出てくる点ですよね。あれだけ話を広げておきながら、鮎川哲也《あゆかわてつや》や津村秀介《つむらしゅうすけ》の作品のような展開が始まるというギャップに面白さを感じました。

潮谷　鮎川哲也さんの作品については、二〇〇一年～〇三年くらいに光文社文庫で〈鬼貫警《おにつらけい》部《ぶ》〉シリーズの復刊が続いていたので、その時に手に取って読んだ記憶があります。『時空犯』で鉄道ミステリの要素を入れたのは、犯人がタイムリープという現象を利用している人物だからです。一見すると、時間を自由に操れる神のような立場の人間が、些細《ささい》な綻びから崩れ落ちていくという展開は、かなり皮肉が利いていて面白いんじゃないだろうか、と思ったのがきっかけです。

若林　そこら辺の落差みたいなものが、潮谷さんの小説の魅力ですよね。水と油と思われる要素を掛け合わせることで、意外性を生み出して、「おっ」と思わせるところがある。

風変わりなロジックが使われた小説が書きたい

若林　三作目の『エンドロール』は、パンデミック後に若者の自殺が急増した日本を舞台にした小説です。前作でＳＦミステリを書いたと思ったら、今度は現実の空気を反映させたコロナ禍の物語を書いたことにまず驚きました。この作品の構想はいつ頃からあったのでしょうか？

潮谷　デビューが決まった後に書き始めた作品です。担当編集と相談して、プロットを作ってプロットにゴーサインが出たら書き始めようという話になったんですが、プロットを立てるのが初めてだったせいか、かなり難航してしまいました。実際に書き始めたのが、二〇二一年の夏くらいからでしたね。

実を言うと、当初のプロットではコロナを題材にする予定は無く、安楽死問題を扱うつもりでした。七十五歳以上の高齢者に対して、希望すれば安楽に死ねる薬を国が提供するという制度が敷かれた日本で、安楽死を事前に予告していた人がなぜか殺されるという謎を扱ったものを書こうと思っていました。

若林　なぜコロナに題材を変えたのでしょうか？

潮谷　『時空犯』の作中で、Zoomのような技術を使って探偵が推理を披露するシーンがあったことです。先ほど申し上げた通り、『時空犯』はコロナ以前に執筆した作品ですが、その時は「これって、新しい推理の表現方法だよね」と思って書いたんです。ところが作品が実際に刊行された二〇二一年には、すでにZoomによるリモート会議が行われることが当たり前の世の中になっていた。

昔の話ですが、私は時代性を作品に出さない方がいいと考えて小説を書いていました。時代にコミットしすぎると、後々になって読み返すと古びてしまうからです。でも、『時空犯』の刊行時に「作者が望もうと望むまいと、時代が反映されてしまうことがあるのだ」ということに気付きました。だから、いっそのこと時代をそっくり反映させた作品を一冊書いてみよう、と思い立ったわけです。

若林　『エンドロール』の序盤は、自殺による現世からの逃避を肯定する者と、それを否定する者同士のディスカッション小説の形式を取っています。それがいつの間にかロジックを駆使した謎解き物語の様相を呈していく。しかも、その謎解きの趣向もまた刻一刻と変わるように描かれている。デビュー作『スイッチ』のように、謎解きの形を変えながら倫理の問題に向き合う物語なのだな、と感じました。

潮谷　今のところ、私の書いた作品は大きく二つのタイプに分けることが出来ると思います。いわゆる超常現象を用いた特殊設定ミステリと、風変わりなシチュエーションではあるけれど極めて現実に近い謎解き小説。『スイッチ』が現実路線、『時空犯』が特殊設定路線という風に来たので、次はまたSF要素の無い現実路線のものを書こうと思ったんです。

　SF要素が無いミステリを書く場合、特殊な設定に関する説明部分が省けるため、登場人物の背景に関する書き込みなど、人間ドラマにより筆を費やすことが出来ます。『エンドロール』の場合は、せっかくパンデミック後の世界という題材を選んだわけですから、感染症が人々にもたらした心情の変化や、それによって生じる価値観の対立などを深く書いてみようと思ったわけです。

若林　『エンドロール』を読んでいて思い出したのが、〈新世代ミステリ作家探訪〉のSeason Ⅰに出演した呉《ご》勝浩《かつひろ》さんの言葉でした。呉さんの『スワン』（角川文庫）に「世界に対する信頼」というフレーズが出てくるのですが、それについてイベント内で言及した時に呉さんが「理不尽な暴力が襲ってきた時に、それでも人は倫理的な存在としての自己を保つことが出来るのか、という問題に関心がある」と仰っていたんです。『エンドロール』に登場する若者たちは感染症によって未来を奪われ、「世界に対する信頼」が揺らいだために自殺という手段を選ぼうとしている。それに対して「ＮＯ」を突きつけたい思いから、主人公は行動を起こすんですよね。『スイッチ』にせよ『エンドロール』にせよ、呉さんと同じく潮谷さんも倫理やモラルが揺らいでしまう瞬間や、それに対する抵抗を描くことに関心があるのではないでしょうか。

潮谷　そうですね、そういう考え方は自分の中にあるかもしれません。

以前、担当編集からデビュー直後くらいに「バッドエンドよりハッピーエンドで終わらせる物語の方が難しいんです」ということを言われたことがあります。バッドエンドは最悪の方向に行ったら、それでおしまい。でもハッピーエンドは最悪の方向から、それを乗り越えるためのプロセスを書かねばならない、と。それを聞いて以降は、作家として描くことが難しい方に挑戦した方が良いだろうという気持ちで創作に臨んでいます。

そこには「たとえ物事が最悪の方向に向かったとしても、必ずどこかで避けられるでしょ」という自分自身の願望も込められている気もします。

若林　四作目の『あらゆる薔薇《ばら》のために』は、オスロ昏睡病という架空の病気がある世界を舞台にした、『時空犯』と同じくＳＦ的な設定が肝になる作品です。本作の主人公は刑事で、これまでの作品と比べるとずいぶん正統的な捜査小説のテイストだと思っていたら、序盤で奇妙に物語が膨らんでいくんですよね。ここの膨らむ部分がまた潮谷さんの作品らしいです。

本作でも濃厚なフーダニットの趣向が描かれているわけですが、ここで私が着目したのが特殊な設定の組み込み方です。特殊なルールをパズルのピースとして扱う従来の特殊設定ミステリの手つきとは、ちょっと違う部分があるな、と感じたんです。

潮谷　『時空犯』を書いていた時は、私は〝特殊設定ミステリ〞というサブジャンルの概念があることを知らなかったんですよ。そもそも、そういう呼称自体があまり使われていなかった頃だと思いますが、それが徐々に色々な媒体で使われるようになってきたので、「じゃあ、敢《あ》えて特殊設定ミステリというものを明確に意識して書いてみよう」と思ったのが『あらゆる薔薇のために』という作品です。

特に本作で意識したのは、幻想的な描写です。『スイッチ』における主人公の空想描写や、『時空犯』のタイムリープに関する描写など、これまでも幻想的な描写は書いていましたが、それを本腰入れて書こうと思いました。

若林　本作の特徴として、特殊設定ミステリが持つ遊戯性の強さというか、ガチガチしたゲーム性を感じないことがあります。いわゆる特殊設定ミステリと呼ばれる作品の中には、設定の説明に頁《ページ》を割いて、「パズルのためのパズル」になってしまうものもある。あるいは漫画やアニメ、テレビゲームの文化と近しいにおいを感じるものも多いのですが、『あらゆる薔薇のために』からはあまりそういう印象を受けません。

潮谷　それはたぶん、自分が変わったロジックの作品がとにかく好きであるから、ということに起因しているのではないでしょうか。エラリー・クイーンは大好きな作家ですが、私は端正な論理パズルを堪能できる〈国名〉シリーズより、例えば『中途《ちゆうと》の家《いえ》』（角川文庫）のように、ロジックが狂気の一歩手前に入り込んでいるような作品が好きなんです。『中途の家』では事件の目撃者がある証拠物を見たはずで、探偵エラリーはそれを思い出してもらおうとするのだけれど、どうしても相手が思い出してくれないんです。そこで最終的にエラリーは、どうやって推理を進めたのか。そこについてはもちろん、ネタばらしにひっかかるので申し上げませんが、その部分を読んだ時に「ああ、これは危うい世界に片足を突っ込みかけているな」と思ったんです。でも、そこが自分にとって非常に魅力的なんですよね。打ち立てられたロジックそのものは筋が通っているのだけれど、どこか魔力というか妖気みたいなものが漂っている感じ。日本の作家で言うと有栖川有栖さんの『スイス時計《どけい》の謎《なぞ》』（講談社文庫）の表題作もそのような感覚に陥る作品ですよね。たった一つの綻びから、犯人が完膚なきまでに追い詰められてしまうロジックが構築される。驚きを通り越して、恐怖のようなものすら感じてしまいました。

若林　風変わりなロジックを書くがゆえに、推理の筋は通っていても物語全体として歪《ゆが》んでいる。『あらゆる薔薇のために』はその歪みがゲーム性より前面に出ている、ということでしょうか。

潮谷　はい。理屈では起こっていることを理解できるのだけれど、全体を見ると何だか怖い。そういうことがミステリの醍醐味《だいごみ》の一つではないかと、私は思っているんです。非常に実例を挙げにくい概念なのできちんと伝わっているのか分かりませんが、私はそういうミステリを理想形として目指していますね。

（二〇二一・十・三十　於／オンライン）

潮谷 験 | 著作リスト

スイッチ　悪意の実験（講談社・講談社文庫）
時空犯（講談社・講談社文庫）
エンドロール（講談社・講談社文庫）
あらゆる薔薇のために（講談社）

潮谷 験（しおたに・けん）
1978年、京都府生まれ。2021年、第63回メフィスト賞受賞作である「スイッチ」を『スイッチ　悪意の実験』と改題しデビュー。第２長編『時空犯』は「リアルサウンド認定2021年度国内ミステリーベスト10」の第1位に選出された。

あとがき

〈新世代ミステリ作家探訪 Season Ⅱ〉は二〇二二年一月にスタートし、約十ヶ月にわたって新進作家たちの証言を集めてきました。つまりイベントの終了から単行本化まで一年ほどの時間しか経《た》っていません。ですが、その間にも〈Season Ⅱ〉に登場いただいた作家たちは目ざましい活躍を見せています。

その中でも特筆すべきなのは、白井《しらい》智之《ともゆき》さんでしょう。〈Season Ⅱ〉イベントに出演いただいた二ヵ月後に刊行した『名探偵のいけにえ　人民教会殺人事件』（新潮社）で、第二十三回本格ミステリ大賞小説部門を受賞しました。『名探偵のいけにえ』は多重解決の趣向を極限まで突き詰め、探偵の推理が世界にもたらすものの意味を刷新した、間違いなく白井さんの代表作と呼べるものです（もしイベントでお話を伺うのをあと二ヶ月我慢すれば、と少し悔しい思いがあるのを告白しておきます）。

　また、井上真偽《いのうえまぎ》さんが二〇二三年六月に『アリアドネの声』を刊行したことも筆者としては大いに注目したいところです。ドローンを使った災害救助ものの冒険小説である本作は、まさに本書で井上さんが語っていた、幅広いエンターテインメントへの挑戦を表す一作でした。筆者としても『ムシカ』のような路線を書き続けてほしいという願いがあったので、『アリアドネの声』のような作品を読むことが出来たのは本当に嬉《うれ》しかったです。

　法月綸太郎《のりづきりんたろう》さんは本シリーズ第一巻の推薦帯に「ミステリの〝常識〟は更新されるためにある。これからも、十人十色《それぞれ》のやり方で。」という言葉を寄せてくださいました。その言葉は第二巻に収録された作家十人にも当てはまると思います。敢《あ》えて彼らの共通項を挙げるとするならば、謎解きの技巧を物語の中へ柔軟に取り込む姿勢ではないでしょうか。本書の最後に収められている潮谷験《しおたにけん》さんがその代表例で、謎・論理・解決という形式から軽やかに逸脱し、にも拘《かかわ》らず真相当ての趣向を色濃く感じさせる作品を書くのは、まさに新世代を担う作家の姿であると筆者は思います。

　第一巻に引き続き、〈新世代ミステリ作家探訪 Season Ⅱ〉を開催していた期間も新型コロナウイルスの感染状況は一進一退を繰り返していました。そんな中でもイベント出演にご快諾いただいた作家の皆様には心より感謝を申し上げます。浅倉秋成《あさくらあきなり》さん、五十嵐律人《いがらしりつと》さん、櫻田《さくらだ》智也《ともや》さん、日部星花《ひべせいか》さん、今村昌弘《いまむらまさひろ》さん、紺野天龍《こんのてんりゅう》さん、白井智之さん、坂上泉《さかがみいずみ》さん、井上真偽さん、潮谷験さん、本当にありがとうございました。また、各ゲストの出演調整などにご協力いただいた各出版社の編集者の皆様にもお礼を申し上げます。

〈Season Ⅱ〉のイベント主催については〈Season Ⅰ〉と同様に、「LiveWire」の井田英登《いだひでと》さんにお願いしました。〈Season Ⅱ〉は全編フルリモートでの配信となり、残念ながらリアルイベントを再開することなく「LiveWire」の実店舗は閉店してしまいました。ですが、もし面白い企画がありましたら、またやりましょう、井田さん。

そして第一巻と同じく編集を担当してくれた園原行貴《そのはらゆきたか》さん、デザイナーの坂野公一《さかのこういち》さんにも、この場を借りて最大限の感謝を。園原さんにはイベントを毎回観覧いただき、都度アドバイスをいただくことが出来て本当に良かったです。ありがとうございます。

〈新世代ミステリ作家探訪〉シリーズは、今回をもって一旦、完結となります。ですが、ミステリ界を支える新たな才能は日々生まれています。そうした作家たちの現状を伝える必要を感じた時に、また復活するかもしれません。ですから最後はやっぱりこの言葉で締めくくりたいと思います。

ではまた、次なる探訪でお会いしましょう。

若林 踏（わかばやし・ふみ）

1986年、千葉県生まれ。ミステリ小説の書評や文庫解説などを中心に活動する。主な書評連載媒体は「小説新潮」「小説現代」「朝日新聞」「リアルサウンド」「ミステリマガジン」など。トークイベントの司会や運営なども多く行っている。2021年にミステリ作家との対談集『新世代ミステリ作家探訪』（光文社）を刊行。同書は第22回本格ミステリ大賞評論・研究部門の最終候補作に選ばれた。この他、杉江松恋とのYoutube番組「ミステリちゃん」にも出演中。

デザイン　坂野公一（welle design）
写真　Adobe Stock

新《しん》世《せ》代《だい》ミステリ作《さっ》家《か》探《たん》訪《ぼう》

旋《せん》風《ぷう》編《へん》

2023年11月30日　初版1刷発行

著者　浅倉秋成《あさくらあきなり》　五十嵐律人《いがらしりつと》　櫻田智也《さくらだともや》
日部星花《ひべせいか》　今村昌弘《いまむらまさひろ》　紺野天龍《こんのてんりゅう》
白井智之《しらいともゆき》　坂上《さかがみ》 泉《いずみ》　井上真偽《いのうえまぎ》　潮谷《しおたに》 験《けん》
構成　若林《わかばやし》 踏《ふみ》

発行者　三宅貴久
発行所　株式会社 光文社
〒112-8011 東京都文京区音羽1-16-6
電話　編集部　03-5395-8254
書籍販売部　03-5395-8116
業務部　03-5395-8125
URL　光文社　https://www.kobunsha.com/
組版　萩原印刷
印刷所　萩原印刷
製本所　国宝社

ISBN978-4-334-10137-4

Exploring
the new generation of
Mystery novelists
Whirlwind edition